D1931750

Strasser Ein Lachen im Dunkeln

Johano Strasser

Ein Lachen im Dunkeln

Roman

editionLübbe

Copyright © 1999 by editionLübbe in der
Gustav Lübbe Verlag GmbH, Bergisch Gladbach

Schutzumschlag- und Einbandgestaltung:
Klaus Detjen, Holm bei Wedel
Umschlagfoto: David Bayles, CAMERA, Oktober 1977
Satz: Kremerdruck GmbH, Lindlar
Gesetzt aus der DTL Documenta
Druck und Einband: Friedrich Pustet, Regensburg

Alle Rechte, auch die der fotomechanischen Wiedergabe,
vorbehalten
Printed in Germany
ISBN 3-7857-1507-2

Sie finden die Verlagsgruppe Lübbe
im Internet unter: http://www.luebbe.de

3 2 1

Ein Lachen im Dunkeln

»Es wäre schön, alt zu werden, wenn wir mit jedem Jahr der Vollkommenheit näherrückten.
Aber es ist der taumelnde, wankende, ungestalte Gang eines Betrunkenen ...«

MONTAIGNE, *Essais*

»The joy of killing! The joy of seeing killing done ...«

MARK TWAIN, *Following the Equator*

Es gibt Geschichten, die behält man vielleicht besser für sich, weil sie zu absonderlich sind, als daß ein anderer sie glauben könnte. Wie die Geschichte, in die mich dieser Kasparek verwickelte und die der eigentliche Grund dafür ist, daß ich jetzt hier, viele tausend Kilometer von meiner Heimat entfernt, auf der Veranda sitze und mich frage, was ich hier soll, in diesem fremden Land, dessen Sprache ich nicht verstehe, wo ich keine Freunde habe, wo ich nur gelitten bin, weil ich für alles mit Dollars und D-Mark bezahle.

Ganz genau weiß ich immer noch nicht, wie es dazu kam. Ich weiß nur, daß ich mich nie und nimmer mit diesem Kasparek eingelassen hätte, wenn da nicht etwas in seinen Augen gewesen wäre, etwas, das es mir schwer, ja unmöglich machte, ihm nicht zu vertrauen. Erst später, erst als ich mich schon rettungslos in seinen Netzen verfangen hatte, als das Unglück schon geschehen und ich in Panik hierher in die Fremde geflohen war, erst da löste sich allmählich der Bann, und ich gestattete meinem Mißtrauen sich auszubreiten.

Wenn ich jetzt an diesen Abend zurückdenke, der schon so fern gerückt ist, obwohl er genaugenommen noch keine zwei Wochen zurückliegt, habe ich den Eindruck, als wäre ich damals für einige Stunden in einer anderen Welt gewesen, in einer Welt, die mir, auch wenn ich sie nie zuvor betreten hatte, doch merkwürdig vertraut war, vielleicht, weil ich sie aus meinen Träumen kannte. Aber ein Traum war meine Begegnung mit diesem Fremden nicht. Als säße er mir in diesem Augenblick gegenüber, so sehe ich ihn vor mir, sehe seinen kräftigen, etwas geduckten Oberkörper, höre seine Stimme, spüre seinen zwingenden Blick, der meine letzten Zweifel verscheucht.

Nein, geträumt habe ich das alles nicht. Nur ganz am Ende der Geschichte, als Kasparek und ich mit dieser jungen Frau das Lokal verließen, um wer weiß wohin zu gehen und wer weiß was zu tun, da verwirrt sich mir alles, wie Wrackteile in trübem Wasser taumeln die Bilder durch meinen Kopf. Mag sein, daß der Wein meine Wahrnehmung trübte, so daß ich gar nicht mehr begriff, was er im Schilde führte, und als ich es begriffen hatte ... Oder ich fuhr doch allein mit dem Taxi ins Hotel, und Kasparek blieb mit ihr zurück, und ich bemerkte erst am nächsten Morgen, was sich zugetragen hatte.

Ich kann mich beim besten Willen nicht erinnern, wie

dieser merkwürdige Abend zu Ende ging. Nur daß ich am nächsten Morgen im Hotel davon aufwachte, daß jemand energisch an meine Tür klopfte, und als ich aus dem Bett sprang und in meinem Zimmer, in das durch das Fenster helles Tageslicht drang, um mich blickte, da sah ich zu meinem Entsetzen auf dem Teppich vor meinem Bett…

Aber da ich nun schon einmal begonnen habe zu erzählen, sollte ich vielleicht doch lieber beim Anfang anfangen. Zeit genug habe ich ja, nun da ich hier an diesem einsamen Strand in einem der weißen Bungalows untergekommen bin und den ganzen Tag nichts anderes zu tun habe, als auf der Veranda zu sitzen und aufs Meer zu schauen und über die Dinge nachzusinnen, die mir an jenem seltsamen Abend im fernen D. widerfahren sind.

I

Den ganzen Tag über hatten mich in D. Verlagsangelegenheiten in Anspruch genommen, Lizenzverhandlungen, die sich als ausgesprochen lästig entpuppten, weil mein Partner, einer dieser ruppigen Jungverleger, die sich nur für Bilanzen, nicht für Bücher interessieren, eine vor längerer Zeit getroffene mündliche Vereinbarung auf einmal wieder in Frage stellte. Als dann auch noch eine Verabredung, mit einem befreundeten Schriftsteller zu Abend zu essen, platzte, weil dieser früher als voraussehbar von seiner Herbstdepression ereilt worden war, saß ich in meinem Hotelzimmer und wußte nichts Rechtes mit mir anzufangen.

Es war einer jener lauen Spätsommerabende, in die als Ahnung schon das Grau herbstlicher Regentage eingewoben ist und die mich, wenn ich nicht gerade schlechter Laune bin, unfehlbar in umtriebige Amüsierbereitschaft versetzen. An diesem Abend aber verließ ich lustlos das Hotel und streifte durch die Straßen der mir nur oberflächlich bekannten Stadt, in der vagen Absicht, im nächsten besten mir zusagenden Restaurant etwas zu essen und danach früh zu Bett zu gehen.

Ich schlenderte also die an meinem Hotel vorbeiführende boulevardähnliche Straße hinunter, an der sich neben Bankhäusern und teuren Boutiquen auch einige Restaurants befanden, studierte hier die Speisekarte, warf dort einen Blick durch eines der Fenster, hatte das eine oder andere Mal sogar schon die Klinke der Eingangstür in der Hand, aber jedesmal sagte ich mir, daß dieses Lokal vielleicht doch noch nicht das richtige sei, daß ich an der nächsten oder übernächsten Ecke ein weitaus besseres, preiswerteres, gemütlicheres oder schlichteres, nicht gar so überlaufenes oder gähnend leeres, zumindest aber ein ebenso gutes finden würde.

So kam es, daß ich mich immer weiter von meinem Hotel entfernte und mich schließlich in einer ziemlich heruntergekommenen Gegend mit tristen Bauten aus den sechziger Jahren und bröckelnden Gehsteigen wiederfand, wo kein halbwegs vernünftiger Mensch ein akzeptables Restaurant zu finden hoffen konnte. Aus irgendeinem mir bis heute unerklärlichen Grund kehrte ich trotzdem nicht um, sondern ging mit schnellen Schritten, als hätte ich ein festes Ziel, weiter, bog nach rechts in eine schmale, dämmrige Gasse ein und überquerte im letzten Abendlicht einen Platz, an dessen entferntem Ende einige junge Männer beieinanderstanden, die mich, als ich an ihnen vorüberging, mißtrauisch musterten.

Irgend etwas trieb mich weiter, eine Mischung aus Angst und erwartungsfroher Erregung. Ohne zu überlegen, bog ich mal nach links, mal nach rechts in eine der engen und menschenleeren Gassen ein und hatte schon bald jede Orientierung verloren, als auf einmal vor mir, irgendwo in der hereinbrechenden Dunkelheit, das Lachen einer Frau zu hören war. Es war ein vulgäres Lachen, dessen Zügellosigkeit mir unter anderen Umständen wohl zuwider gewesen wäre. Aber hier, im Halbdunkel der Gasse, erschien es mir, als liege darin eine Verheißung unsäglichen Glücks, eine Verheißung, die niemand sonst als allein mir gelten konnte.
Ich blieb stehen und lauschte. Das Lachen flackerte auf, sich von kehligem Gurren zu strahlender Koloratur erhebend, schien einen Augenblick lang über mir zu schweben und erstarb. Lange stand ich da, den Kopf ein wenig nach vorn gestreckt in die Richtung, aus der das Lachen gekommen war, die Augen geschlossen. Ein Duft wehte mich an, ein Duft wie von Flieder und warmer Haut, der mich einhüllte, mich durchdrang, mich

wehrlos machte. Und dann auf einmal war da wieder das Lachen, lockend, verführerisch, aber leiser als zuvor. Kein Zweifel, es entfernte sich!
Ich stürzte vorwärts, tiefer hinein in das dunkle Gassenlabyrinth, ich rannte über das holprige Pflaster, blieb schweratmend stehen, lauschte, rannte weiter, als hinge mein Lebensglück davon ab, daß ich diese geheimnisvolle Frau, die da irgendwo vor mir durch die Gassen lief und dann und wann ihr Lachen ertönen ließ, einholte. Aber so schnell ich auch lief, ich schaffte es nicht. Die Gassen, durch die ich hastete, waren menschenleer, von der geheimnisvollen Frau keine Spur zu entdecken.

Ich weiß nicht, wie lange ich gelaufen war, als ich, teils aus Erschöpfung, teils weil mir allmählich klar wurde, daß mich meine Sinne narrten, keuchend und völlig außer Atem stehen blieb. Erst als ich mich ein wenig erholt hatte, nahm ich meine Umgebung genauer wahr und bemerkte nun auch, direkt vor mir an einer Straßenecke, das schäbige Vorortlokal, aus dem durch die spaltweit geöffnete Eingangstür lautes und, wie mir schien, fröhliches Stimmengewirr zu mir drang.
Schwer zu sagen, warum ich, nachdem ich an so vielen Lokalen, die meinen Bedürfnissen durchaus entsprochen hätten, vorübergegangen war, nicht einfach weiter-

ging oder, besser noch, umkehrte, sondern, obwohl mich der Anblick dieser tristen Kaschemme und die Laute geräuschvoller Gemütlichkeit, die zu mir herausschollen, abstießen, dennoch wie angewurzelt stehen blieb und auf das schmutzige grüngelbe Buckelglas der angelehnten Eingangstür starrte.

Ich hasse solche Lokale. Sie machen mich mißmutig und jagen mir Angst ein. Die wenigen Male, die es mich in ein solches Lokal verschlagen hat, haben in mir den festen Entschluß reifen lassen, niemals freiwillig eine solche Stätte zu betreten. Die Schäbigkeit der Einrichtung, der Dunst von Bier und Schnaps, die vielen Menschen, die alle viel zu laut reden, die besondere Fröhlichkeit, in der immer ein aggressiver Unterton mitschwingt, all das widert mich an. Mag sein, daß, wenn man jenseits der Fünfzig ist, manches, was einem früher leicht von der Hand ging, nun allmählich beschwerlich wird. Aber das Älterwerden hat auch Vorteile. Zum Beispiel weiß man aufgrund langer Erfahrung ziemlich genau, was man will und was man nicht will, was einem bekommt und was nicht.

Das jedenfalls war bis zu diesem Abend meine Meinung gewesen. Aber als ich nun hier im Licht der Straßenlaterne vor der Tür dieses schäbigen Lokals stand, spürte ich plötzlich das dringende Verlangen, eben diesen Ort zu betreten. So stark war der Impuls, daß ich, ehe mir recht bewußt war, was ich tat, die Tür des Lokals aufstieß und so forsch eintrat, daß ich mich in der Mitte des großen Schankraums befand, bevor ich Gelegenheit gehabt hätte, mich genauer darin umzusehen.

Erst jetzt wurde ich mir der Peinlichkeit meines Auftritts bewußt. Ringsum hatten sich die Gäste nach mir umgedreht und musterten mich mit ungehemmter Neugier. Der Wirt, ein stämmiger Mann im ärmellosen Unterhemd mit einer sichelförmigen Narbe auf dem kahlen Kopf, hielt ein halbvolles Bierglas in der Hand und sah, sich auf dem Bierhahn abstützend, zu mir herüber, als erwarte er eine Erklärung für mein plötzliches Erscheinen. Auf einmal bemerkte ich nun auch das Schweigen, das mein Auftritt ausgelöst hatte, ein zähes, bedrohliches Schweigen, das im denkbar größten Gegensatz zu der lauten Fröhlichkeit stand, die kurz zuvor hier geherrscht haben mußte.

Ich dachte schon daran, einfach umzukehren, so zu tun, als habe ich hier jemand treffen wollen, der, wie ich nun erkennen mußte, bedauerlicherweise nicht anwesend war, da sah ich über eine halbhohe Trennwand hinweg an einem Tisch in einer Nische ihn. Oder soll ich besser sagen, ich spürte seinen Blick auf mir ruhen? Jedenfalls fühlte ich mich, als ich aufsah und unsere Blicke sich kreuzten, von seinen Augen sogleich so machtvoll angezogen, daß an Umkehren gar nicht mehr zu denken war.

»Gestatten Sie?«

Ehe ich einen klaren Gedanken hatte fassen können, war ich an seinen Tisch getreten und hatte, auf den freien Stuhl ihm gegenüber zeigend, gefragt, ob ich Platz nehmen dürfe. Seine Augenbrauen hoben sich, für einen kurzen Moment verengten sich seine Augen zu Schlitzen. Dann nickte er, ohne den Blick von mir zu wenden.

Im selben Moment, da ich mich auf dem Stuhl niederließ, setzten rundherum die Gespräche wieder ein, ganz so, als hätte irgend jemand den Versammelten soeben einen Wink gegeben, daß es mit dem Neuankömmling seine Ordnung habe. Vielleicht, schoß es mir durch den Kopf, glaubten die Leute, ich sei mit meinem Tischnachbarn hier verabredet gewesen. Der Gedanke gefiel mir. Natürlich, nur so ließ sich einigermaßen plausibel erklären, wieso jemand wie ich in diesem Lokal auftauchte, wo er normalerweise nichts zu suchen hatte.

Ich begann sofort die mir von den Umständen diktierte Rolle mit Leben zu erfüllen. Ich rückte meinen Stuhl ein wenig weiter vom Tisch ab, schlug die Beine übereinander und warf meinem Gegenüber einen kecken, auffordernden Blick zu, dem ein aufmerksamer Beobachter die Frage hätte ablesen können: Nun? Was gibt es zu bereden? Mein Tischnachbar lächelte, schloß für einen Moment die Augen, als müßte er sich konzentrieren, nickte dann ein paarmal und sagte…

»Bevor wir zum eigentlichen Grund unseres Zusammentreffens kommen«, sagte er, als hätte ich ausgesprochen, was ich meinem Blick als geheime Botschaft mitgegeben, »gestatten Sie, daß ich mich vorstelle: Kasparek mein Name. Mit dem Akzent auf der vorletzten Silbe, wie im Polnischen üblich: Kas-pa-rek.«
Er hatte braune Augen, merkwürdig strahlende dunkelbraune Augen. Ein amüsiertes Lächeln kräuselte seine Lippen. Natürlich: Kasparek. Mir war, als hätte ich den Namen schon tausendmal gehört, als wäre er mir nur vorübergehend entfallen gewesen. Auch das Gesicht, das ich verstohlen betrachtete, kam mir vertraut vor, ohne daß ich hätte sagen können, woher. Als ich nun meinerseits meinen Namen nennen wollte, stoppte mein Gegenüber mich mit einer kurzen Handbewegung und gab mir mit den Augen zu verstehen, ich solle mich umdrehen.
Hinter mir stand der Wirt, der sich trotz seiner schwer-

fälligen Statur völlig geräuschlos genähert hatte, und erwartete offenbar meine Bestellung. Auf alles war ich vorbereitet gewesen, nur nicht auf das Nächstliegende: jetzt eine Bestellung aufgeben zu müssen. »Guten Abend«, stammelte ich. Der Wirt stand massig und bewegungslos seitlich hinter mir, erwiderte meinen Gruß nicht, blies nur dann und wann geräuschvoll die Luft durch die Nase.

Ich dachte kurz daran, nach der Karte zu fragen, um so ein wenig Zeit zu gewinnen, verwarf den Gedanken aber sogleich wieder, weil es doch allzu lächerlich gewesen wäre, in einem solchen Lokal die Karte zu verlangen. Womöglich gab es so etwas hier gar nicht. Wieder spürte ich den Blick meines Tischnachbarn auf mir ruhen, spürte den Sog seiner dunklen Augen, fühlte, wie mein Widerstand dahinschwand und ich hinabzusinken begann in eine wohlige Finsternis.

»Rotwein«, brachte ich mit äußerster Anstrengung hervor. »Bringen Sie mir ein Glas Rotwein!«

Mehr aus Verlegenheit denn aus Sympathie warf ich dem Wirt, der sich immer noch nicht von der Stelle rührte, über die Schulter hinweg ein Lächeln zu. Jetzt erst bemerkte ich, daß er gar nicht mich, sondern mein Gegenüber ansah, als erwarte er von ihm Aufschluß darüber, ob meinen Worten zu trauen sei.

»Rotwein!«

Über Kaspareks Gesicht legte sich ein Schatten. Er atmete tief, ein waidwunder Blick streifte mich, und dann wiederholte er, ganz langsam und mit Betonung, als handelte es sich um ein Rätselwort, dessen geheimen Sinn es zu ergründen gelte: »Rotwein.«

Für einen Augenblick versank er in tiefes Grübeln, seine Haut war grau, seinen Augen waren stumpf, die Lider halb geschlossen, er schien schlagartig um viele Jahre gealtert zu sein. Eine ganze Weile saß er so da, während der Wirt geduldig wartete. Dann, als erschließe sich ihm erst jetzt der Sinn meiner Worte, hellten sich seine Züge auf, seine Augen blitzten, er nickte zu dem wartenden Wirt hinüber, der daraufhin ebenso geräuschlos, wie er gekommen war, hinter der Theke verschwand und kurze Zeit später mit einem Glas Rotwein zurückkehrte, das er wortlos vor mir auf die blankgescheuerte Tischplatte stellte.

»Zum Wohl!«

Mein Gegenüber hob sein Bierglas und blinzelte mir zu. »Zum Wohl!« sagte auch ich, setzte das Glas an die Lippen, und während der Wein meine Kehle hinunterrann... Der Wein schmeckte scheußlich. Die reinste Gerbsäure! Noch dazu dieser untrügliche Geruch von Schwefel, der mir, wie ich aus leidvoller Erfahrung wußte, für den nächsten Tag dröhnende Kopfschmerzen verhieß. Aber was sollte ich machen? In einem Lokal wie diesem spielte man womöglich mit seinem Leben, wenn man einen Wein zurückgehen ließ.

Also gut, sagte ich mir. Du hast es so gewollt. Jedenfalls bist du, als noch Zeit dazu war, nicht umgekehrt. Jetzt hilft nur noch Schadensbegrenzung. Du wirst hier noch eine Weile sitzen bleiben, du wirst dieses Glas Wein zur Hälfte austrinken, ohne dir etwas anmerken zu lassen, du wirst dir anhören, was dieser Kasparek sonst noch zu sagen hat, und dann läßt du dir vom Wirt ein Taxi rufen und verschwindest ins Hotel.

Es war ein mannhafter Entschluß, den ich da soeben gefaßt hatte, mannhaft und befreiend. Ich setzte mein Glas ab, nickte meinem Gegenüber leutselig zu und fragte, das dünne Fädchen des sich anbahnenden Gesprächs aufgreifend, freundlich interessiert, aber zugleich mit einem Schuß höflicher Distanz…

II

»Sie sind Pole?«

»Mein Großvater kam als junger Mann aus Polen hierher auf der Suche nach Arbeit wie Tausende andere auch.«

Kasparek nahm einen kräftigen Schluck aus seinem Glas, neigte den Kopf ein wenig zur Seite und sah mich prüfend an. »Und Sie? ... Lassen Sie mich raten!« sagte er, bevor ich antworten konnte. »Sie sind... Berliner! Hab ich recht?«

Ich nickte. Nun ja, den Berliner Akzent herauszuhören, war in meinem Fall nicht besonders schwierig.

»Berliner, unverkennbar.« Er schien es trotzdem zu genießen, daß er ins Schwarze getroffen hatte. So sehr sonnte er sich in seinem kleinen Triumph, daß ich es mir nicht verkneifen konnte, hinzuzufügen: »Aber geboren bin ich in Breslau.«

»So? In Breslau. Ein in Breslau geborener Berliner.«

Er holte tief Luft und blies sie vernehmbar durch die Nase wieder aus. Irgend etwas schien ihm im Kopf herumzugehen. Eine Weile saß er da, den Kopf ein wenig zur Seite geneigt, und blickte sinnend durch mich hindurch.

»Stellen Sie sich vor«, sagt er schließlich, »Sie wären seinerzeit in Breslau geblieben, dann wären Sie jetzt Pole wie mein Großvater, und wir wären gewissermaßen Landsleute.«

Schon an dieser Stelle des Gesprächs hätte mir klar werden müssen, worauf er hinauswollte. Es ging ihm ganz offensichtlich von Anfang an darum, ein besonderes Verhältnis, eine Art intimer Seelenverwandtschaft zwischen ihm und mir zu konstruieren. Er legte es darauf an, mir weiszumachen, ich sei im Grunde wie er, hätte dieselben Neigungen und geheimen Wünsche. Warum sonst dieser umwegige Versuch, eine landsmannschaftliche Verbindung herzustellen, die für ihn, der offenbar schon in der dritten Generation hier im Lande lebte, weiß Gott billiger zu haben gewesen wäre?

»Als Deutsche«, warf ich ein, »sind wir doch ohnehin Landsleute.«

Wieder dieser waidwunde Blick. »Ja, natürlich. Ich meinte nur …«

Er brach ab, vielleicht weil es ihm aussichtslos erschien, mir den subtilen Unterschied klarzumachen, den er im Auge gehabt hatte. Es dauerte eine ganze Weile, bis er, ein wenig verunsichert, wie mir schien, sein Ratespiel wieder aufnahm.

»Sie sind … Kaufmann? Nein? Warten Sie, warten Sie! Ich hab's gleich. Manager! Auch nicht? PR-Agent!«

Er strahlte mich an, offenbar felsenfest davon überzeugt, meinen Beruf endlich richtig geraten zu haben. Ich ließ mir Zeit mit der Richtigstellung. Vorsichtig nippte ich an meinem Glas, fand den Wein zu meiner Überraschung nicht mehr ganz so abscheulich, lehnte mich zurück und sagte mit einem süffisanten Lächeln: »Verleger.«

Wenn ich geglaubt hatte, ihm mit meiner Antwort eine schmerzhafte Niederlage bereitet zu haben, so wurde ich eines Besseren belehrt.

»Aha, Verleger!«

Er rückte ein wenig näher heran, sah sich um, als wollte er sich vergewissern, daß wir nicht belauscht würden. »Was verlegen Sie? Zeitungen? Zeitschriften? Bücher?«

In seinen Augen nichts als aufrichtiges Interesse. Keine Spur von Enttäuschung, daß er meinen Beruf nicht erraten hatte.

»Bücher«, sagte ich. »Vor allem Krimis.«

Er war entzückt. »Krimis! Ausgerechnet! Na, da sind Sie bei mir an den richtigen geraten. Ich bin nämlich … Kriminalist. Jawohl, ein richtiger Kommissar von der Mordkommission.«

Ich war verblüfft. Alles hätte ich ihm zugetraut, aber daß dieser komische Kauz ... Oder konnte es sein, daß er mir einen Bären aufband? In welcher Absicht? Gehörte er etwa zu jenen hinterhältigen Zeitgenossen, die sich einen Sport daraus machen, Fremde mit albernen Lügengeschichten hereinzulegen? Aus den Augenwinkeln spähte ich zu ihm hinüber. Er weidete sich sichtlich an meiner Überraschung. Dann, auf einmal, als hätte er erraten, welch schäbiges Mißtrauen ich in meinem Herzen nährte, verhärtete sich sein Gesicht und er winkte mit einer herrischen Handbewegung den Wirt herbei.

»Ja, Herr Kommissar?« sagte der Wirt.

Ich spürte, wie mir ein Schauer den Rücken hinaufkroch und kalter Schweiß meine Handflächen befeuchtete. Kasparek warf mir einen Blick zu, in dem sich Verachtung und Triumph mischten. Dann, sich dem Wirt zuwendend, bestellte er ein weiteres Pils, obwohl sein Glas noch zu einem guten Drittel gefüllt war. Ganz offenbar wußte er zu diesem Zeitpunkt schon, daß unser Gespräch sich nun auf einer Bahn befand, auf der es so bald nicht ans Ende kommen würde.

»Ja, ein richtiger Kommissar!« wiederholte er, als der Wirt wieder hinter der Theke verschwunden war. Er hob sein Glas, nahm einen Schluck, wischte sich mit dem Handrücken über den Mund und fügte, auf einmal wieder lächelnd, hinzu: »Allerdings seit zwei Jahren pensioniert. Auf eigenen Wunsch vorzeitig pensioniert.«

Ich musterte ihn verstohlen, um festzustellen, ob ich verborgene Anzeichen einer ernsteren Krankheit oder einer Behinderung an ihm entdecken könnte. Er aber schien wiederum meine Gedanken zu erraten.

»Nein, nicht aus gesundheitlichen Gründen, wie Sie vermutlich annehmen. Obwohl … na ja, in unserem Alter hat natürlich jeder so seine Wehwehchen … Aber das war nicht der wirkliche Grund. Ich bin vorzeitig in Pension gegangen, weil sich meine Aufgabe erledigt hat.«

»Ihre Aufgabe hat sich erledigt? Wie meinen Sie das?«

»So wie sich die Aufgabe des Heizers erledigt, wenn es keine Dampfloks mehr gibt, oder die des Schriftsetzers, wenn der Satz aus dem Computer kommt. Die Entwicklung ist über mich hinweggegangen. Ich bin überflüssig, verstehen Sie? Meine Spezialkenntnisse werden nicht mehr gebraucht.«

Er sprach ohne Bitterkeit wie jemand, der sich mit seinem Los abgefunden hat. Nein, er legte es nicht darauf an, mein Mitgefühl zu erregen. Er habe, sagte er, nach nüchterner Analyse der Lage die unausweichliche Konsequenz gezogen. Das sei alles.

»Aber«, wandte ich zögernd ein, »es gibt doch noch Mörder. Meines Wissens sogar mehr als früher. Wie können Sie da sagen, daß sich Ihre Aufgabe erledigt hat?«
Ich sah, wie es in seinen Augen blitzte. Er streckte mir den Kopf über den Tisch hinweg entgegen, zischte mehr, als daß er sprach: »Mörder? Sagten Sie Mörder?«
Erschrocken über den plötzlichen Ausbruch, wich ich zurück. Für einen kurzen Moment hatte ich das Gefühl, daß dieser auf den ersten Blick so umgängliche Mensch in Wirklichkeit... Irgend etwas hinderte mich daran, den Gedanken zu Ende zu denken. In meiner Unsicherheit stammelte ich etwas wie: Ich hätte ja nicht wissen können... Es sei keineswegs meine Absicht gewesen...
Aber er hatte sich bereits wieder in der Gewalt, ein wehmütig verzeihendes Lächeln entspannte seine Züge.
»Mörder!« wiederholte er mit sanfter Resignation in der Stimme. »Ach, wissen Sie, was sich heute so nennt... Natürlich werden noch Menschen totgeschlagen, möglicherweise tatsächlich mehr denn je. Aber Mörder? Sie müssen wissen, ich war auf Mörder spezialisiert, auf *richtige* Mörder. Wo gibt es die heute noch? Es gibt Totschläger aller Sorten, Halbwüchsige, die mit dem Schießeisen herumrennen und wegen ein paar Mark eine alte Frau abknallen, professionelle Killer mit Handschuhen und dunkler Brille und einem ausgeprägten

Hang zu den Sekundärtugenden Sauberkeit, Fleiß, Pünktlichkeit. Aber Mörder? Nein, mein Lieber! Mörder gibt es nicht mehr, und schon gar keine, wie sie wahrscheinlich in Ihren Krimis vorkommen.«
Ich weiß nicht, warum es so ist, aber immer wenn jemand auf die Kriminalromane zu sprechen kommt, die ich in meinem kleinen Verlag herausbringe, fühle ich mich sofort angegriffen. »Sie mögen wohl keine Kriminalromane?« fragte ich ziemlich spitz. Die Frage zeugte, wie ich zugeben muß, nicht eben von gesundem Selbstbewußtsein, und der beleidigte Ton, in dem sie gestellt wurde, war mehr als lächerlich. Aber er schien sich nicht daran zu stören. »Ganz im Gegenteil!« rief er aus. »Ich liebe Kriminalromane! Und wenn in Ihren Kriminalromanen noch richtige Mörder vorkommen, um so besser. Alles, nur kein fader Realismus, sage ich immer.«

Der Wirt kam, brachte ihm ein neues Pils, er hob das Glas, prostete mir zu. Es war ihm sichtlich daran gelegen, nur ja keinen weiteren Mißklang zwischen uns aufkommen zu lassen: »Auf Ihr Wohl!« Auch ich hob mein Glas, trank, nickte ihm dankbar zu. Für einen Augenblick fiel die wachsame Angespanntheit von mir ab. Mein Gott, warum sollte ich mich nicht eine Weile mit diesem freundlichen und gebildeten älteren Herrn unterhalten? Warum sollte ich mir von ihm nicht erzählen lassen, warum er – offenbar nach reiflicher Überlegung – seinen Beruf aufgegeben hatte und vorzeitig in Pension gegangen war?

Aber für mein Gegenüber schien das Thema schon erledigt zu sein. Er lehnte sich zurück, fuhr sich mit der Zunge über die Lippen und seufzte tief. Allem Anschein nach hatte er sich mit der Zeit in seiner Resignation einigermaßen häuslich eingerichtet. »Ah, ein Genuß, so ein gutgebrautes und gutgezapftes Pils!« sagte er und sah dabei zur Decke hinauf, als wollte er seinem Herrn dafür danken, daß er ihm diese außerordentliche Freude zuteil werden ließ. »Wird es auch bald nicht mehr geben. Dann werden wir japanisches Dosenbier trinken müssen oder die billige Plörre, die die Holländer im Tankwagen zu uns über die Grenze schaffen. In der Konkurrenz setzt sich das Schlechtere durch ... Na, wem sag ich das? Sie als Verleger werden sicher ein Lied davon singen können. Stimmt's?«

Ja, was sollte man dazu sagen? Natürlich konnte ich als Geschäftsmann einem Satz nicht zustimmen, der allen geltenden Regeln der Ökonomie widersprach. Andererseits, wenn ich an diesen dynamischen Jungverleger dachte, mit dem ich einen halben Tag lang wegen einer Lappalie hatte feilschen müssen, um mich dann schließlich doch seinen erpresserischen Bedingungen zu unterwerfen, wenn ich mir vorstellte, welchen Schund dieser Kerl verlegte und was für Auflagen er damit erzielte, während ich ... »Ja, da haben Sie wohl recht«, sagte ich und schickte meinen Worten einen kleinen theatralischen Seufzer hinterher. Auch ich bin ein vom Leben Gebeutelter, hieß das. Auch ich hätte ein besseres Los verdient.

Wir schwiegen eine Weile, jeder in seine Gedanken eingesponnen und doch verbunden in dem Wissen, daß bei dem Gerangel um die wenigen Plätze an der Sonne die Rechtschaffenen nur allzu oft auf der Strecke bleiben.

»Noch ein Glas Wein?« fragte er.

Ich sah auf mein Glas, das tatsächlich bis auf einen winzigen Rest geleert war.

»Oder wollen Sie jetzt auch ein Pils?«

Er war die Freundlichkeit selber. Ich lehnte mich zurück und streckte die vom langen Laufen müden Beine aus, weil es nun doch noch ein richtig gemütlicher Abend zu werden schien. Vielleicht lag es an dem warmen Gefühl anspruchslosen Wohlbefindens, das sich in mir ausbreitete, daß ich in dieser Situation meiner fatalen Neigung zu einer jener platten Volksweisheiten nachgab, mit denen man ohne jede geistige Anstrengung herzliches

Einverständnis mit beliebigen Gesprächspartnern herstellen kann.
»Bier auf Wein, das laß sein«, sagte ich mit einem komplizenhaften Grinsen, das mich für einen objektiven Beobachter wahrscheinlich endgültig als Tölpel entlarvt hätte.
Kasparek aber nickte bedächtig, als hätte ich soeben eine bedeutende Erkenntnis kundgetan, die Frucht lebenslanger Erfahrung und Selbstbeobachtung. Dabei war mir natürlich durchaus klar, daß das scheußliche Getränk, das mir hier als Wein vorgesetzt wurde, auch ohne die Vermischung mit Bier zwangsläufig verheerende Konsequenzen haben würde. Aber statt klar zu sagen, was ich wollte, hatte ich – wieder einmal – meinem vagen Harmoniebedürfnis nachgegeben. Nun war es zu spät, nun würde ich den Preis dafür bezahlen müssen.
»Verstehe«, sagte Kasparek, gab dem Wirt ein Zeichen, und ehe ich noch einen Einwand hätte vorbringen können...

III

»Sehr zum Wohl!«

Der Wirt war ausgesprochen höflich, deutete sogar eine Verbeugung an, als er das zweite Glas Wein vor mich hinstellte. Merkwürdig, warum legte dieser ungehobelte Mensch auf einmal eine solche Beflissenheit an den Tag? Für einen kurzen Moment beschlich mich das Gefühl, daß hier ein abgekartetes Spiel gespielt wurde, ein Spiel, an dem alle ringsum aktiv beteiligt waren und bei dem es irgendwie – aber wie? – um mich ging.

Ich blickte mich argwöhnisch um: Männer aller Altersklassen, einige in Overalls, andere in Hemd und Hose, mit und ohne Jackett, wenige Frauen, einige auffällig herausgeputzt, mit kunstvoll aufgesteckten Frisuren und, wie ich zu erkennen meinte, einem Schuß vulgärer Sinnlichkeit in den Zügen, der auf mich merkwürdigerweise durchaus anziehend wirkte, andere, zumal die älteren, ungepflegt, geradezu schlampig, in ausgebeulten Trainingshosen und vergilbten Nylonblusen. Ich forschte in ihren Gesichtern nach Belegen für meinen Verdacht, konnte aber nicht das Geringste entdecken.

Niemand rundherum schien von mir Notiz zu nehmen. An einem Ende der Theke eine Traube junger Männer, die das große Wort führten und gelegentlich anderen Gästen quer durch den Raum flapsige Bemerkungen zuwarfen, an einem großen runden Tisch eine gemischte Gruppe beim Würfelspiel, einige ältere Ehepaare, stumm und ohne irgendwelche Zeichen der Anteilnahme hinter ihren Biergläsern hockend, an einem kleinen Tisch neben dem Eingang ein Betrunkener, der mit feuchten Augen vor sich hinstierte, der Wirt mit schläfriger Wachsamkeit schon wieder hinter der Theke, in der einen Hand ein Glas, die andere am Zapfhahn – als mein schweifender Blick zu meinem Gegenüber zurückkehrte, sah ich an dem spöttischen Funkeln in seinen Augen, daß Kasparek mich beobachtet hatte.

»Alles in Ordnung?« fragte er.

Offenbar war ihm meine Unruhe aufgefallen, hatte er das Mißtrauen bemerkt, mit dem ich mich im Lokal umgesehen hatte.

»Selbstverständlich!« erwiderte ich eilig. »Alles in Ordnung.«

Und weil eine solch entschiedene Aussage, die gewissermaßen einen Schlußstrich unter alle meine bisher vage empfundenen Vorbehalte setzte, nach einer gestischen Untermalung verlangte, hob ich mein Glas, prostete meinem Gegenüber zu und nahm beherzt einen kräftigen Schluck.

Der Wein war, wenn man von dem leichten Schwefelgeruch absah, im Ganzen durchaus passabel, jedenfalls gab es keinen Grund, deswegen den Leuten, die hier verkehrten, zu mißtrauen. Das waren eben Biertrinker wie mein Tischnachbar auch. Und wenn jemand wie ich partout Wein trinken wollte, dann hatte er mit dem vorliebzunehmen, was angeboten wurde. So war das nun einmal.

»Der Mensch«, pflegte mein Vater zu sagen, »ist das zäheste aller Lebewesen. Er paßt sich an alle Bedingungen an.« Nun mag das ein wenig übertrieben sein, aber immerhin hatte mein Vater nach eigener Aussage als junger Mann in russischer Gefangenschaft einmal vier Wochen lang von nichts als Sauerampfer, Löwenzahn und Brennesseln gelebt, eine Geschichte, die er immer wieder erzählte und die ihm, soweit ich das beurteilen kann, in der ganzen weitläufigen Verwandtschaft auch geglaubt wurde. Waren mir auch in meinem bisherigen Leben solche Heldentaten noch nicht abverlangt worden, so hatte ich doch von meinem Vater neben anderen Eigenschaften, die vielleicht weniger eindrucksvoll

waren, den Ehrgeiz geerbt, möglichst alle widrigen und gefahrvollen Situationen mit listiger Anpassung und einem gehörigen Schuß Fatalismus zu bestehen.
Es war wohl diese sportliche Einstellung, die mich dazu verführte, einen weiteren vorsichtigen Schluck aus meinem Weinglas zu nehmen, mich zurückzulehnen und – weniger aus Übermut als aus Einsicht in die Notwendigkeit – mich meinem Schicksal ohne Vorbehalt auszuliefern. »Meinen Sie«, fragte ich, mein Gegenüber fest ins Auge fassend, »daß man mir hier etwas zu essen machen könnte?«
»Aber natürlich! Mein Gott, Sie haben noch nicht zu Abend gegessen! Hätten Sie das doch gleich gesagt! Kein Problem. Herr Wirt! Herr Wirt!«
Kasparek winkte den Wirt herbei, der, als hätte er auf dieses Zeichen gewartet, sogleich das halbvolle Bierglas abstellte, sich die Hände abtrocknete und herbeieilte.
»Was darf's sein?«
Beflissen die Hände knetend, stand der Wirt neben mir und wartete auf meine Anweisungen. Jetzt saß ich in der Klemme. Was zum Teufel konnte man in einem solchen Lokal zu essen bestellen? Eine Boulette vielleicht, die hier dann aber vermutlich Frikadelle hieß und, was schwerer wog, womöglich schon tagelang im Kühlschrank gelegen hatte, oder eine Curry-Wurst, nein das

sicher nicht, das war nun wirklich eine Berliner Spezialität, eher schon eine Rheinische Bratwurst, was immer darunter zu verstehen sein mochte …

Während ich fieberhaft nachdachte, kam mir Kasparek zu Hilfe. »Mein Freund hier« – er sagte tatsächlich ›mein Freund‹ – »mein Freund hier möchte etwas zu essen bestellen.«

Aus den Augenwinkeln sah ich, daß der Wirt wie unter einem Peitschenhieb zusammenzuckte. Einen Augenblick lang schien der massige Mann zu taumeln, so daß ich schon fürchtete, er könne der Länge nach hinschlagen. Dann aber fing er sich unter Kaspareks Blick, trat noch ein wenig näher an mich heran, beugte sich an mein Ohr und flüsterte mit brüchiger Stimme, als gebe er ein ansonsten streng gehütetes Geheimnis preis: »Jägerschnitzel … Zigeunerschnitzel … Schnitzel natur …«

Wie sich später herausstellen sollte, sprach es durchaus für eine gewisse Sensibilität des Wirts, daß er sein Speisenangebot mit solch scheuer Zurückhaltung vorstellte. Aber da ich mich nun einmal zu heroischer Anpassung entschlossen hatte, ließ ich in mir keinen Argwohn aufkommen.

»Natur«, sagte ich.

»Mit Bratkartoffeln?« Ich nickte.

»Und Salat?«

»Und Salat.«

Der Wirt seufzte wie jemand, der sich in ein schweres, aber unabwendbares Schicksal fügt, schlurfte davon und verschwand durch eine Tür hinter der Theke. Ich lehnte mich zurück, ein Gefühl wohliger Erschöpfung breitete sich in mir aus. Mein Blick glitt über das Regal hinter der Theke. Gläser standen dort und Flaschen und in der rechten oberen Ecke staubige Pokale und kleine Ständer mit bunten Wimpeln daran. Auf halber Höhe waren an einem der Bretter ein paar Ansichtskarten mit Reißzwecken befestigt. Das Leben, dachte ich zerstreut, das normale Leben, an dem du nie teilgenommen hast.

Nach einigen Minuten kam der Wirt zurück, hinter ihm drein eine dicke Frau mittleren Alters mit strähnigem Haar und rotgeäderten Wangen. Der Wirt deutete mit dem Kopf in meine Richtung, woraufhin sie sich langsam umwandte und mich unter schläfrig herabhängenden Lidern hindurch mit einem Blick maß, in dem ich zugleich Neugier und Grauen zu erkennen glaubte.

Da hatte ich also offenbar ins Schwarze getroffen. Es amüsierte mich zu sehen, daß mein harmloser Essenswunsch bei dem Wirtspaar eine derart nachhaltige Erschütterung auslöste. Mit einem kleinen maliziösen Lächeln, das ich mir nun doch nicht verkneifen konnte, erzählte ich meinem Gegenüber, daß ich auf der Suche nach einem mir zusagenden Restaurant durch die halbe Stadt gelaufen und schließlich hier gelandet sei. Ob er sich darüber im klaren sei, welche Verantwortung auf ihm laste?

»Verantwortung?« Er schien nicht zu verstehen, was ich meinte.

»Nun ja«, erwiderte ich, »schließlich haben Sie gesagt, das mit dem Essen sei kein Problem.«

»Habe ich das gesagt? Nun, Sie sehen ja...« Er deutete mit dem Kopf über die Schulter nach hinten, wo die Frau des Wirts soeben in der Tür hinter der Theke verschwand. »Sie werden bekommen, was Sie bestellt haben«, sagte er.

Der Ton! Ich hätte auf den Ton achtgeben sollen. Jetzt, im nachhinein, bin ich mir ganz sicher, daß da ein spöttischer, wenn nicht gar bösartiger Unterton in seiner Stimme war, als er sagte: »Sie werden bekommen, was Sie bestellt haben.« Aber in dem Augenblick, als er es sagte, achtete ich nicht darauf, überhörte oder verdrängte das Signal, wie ich überhaupt, je länger ich diesem Menschen gegenübersaß, desto leichtsinniger alle versteckten Warnungen in den Wind schlug. Fast so, als reizte mich die Gefahr, als lockte mich der Abgrund, der sich im Verlauf unseres Gesprächs allmählich vor mir auftun sollte.

Kasparek lachte auf. Ich erinnere mich genau, daß er plötzlich hell auflachte. Ich muß wohl für eine kurze Weile ganz in meinen Gedanken versunken gewesen sein, denn ich schreckte hoch und starrte ihn ziemlich verdutzt an, als ich ihn auf einmal so heftig lachen hörte. »Entschuldigen Sie!« sagte er und hatte sichtlich Mühe, seiner Heiterkeit Herr zu werden. »Mir fiel gerade etwas ein, was ich vor einigen Tagen in einem Buch gelesen habe. Stellen Sie sich vor – irgendwann um 1820 herum muß das gewesen sein –, da hat doch so ein verrückter Wissenschaftler in Lyon den dreizehnjährigen Sohn eines Tagelöhners mit dem Kopf nach unten an den Füßen aufhängen lassen, um zu sehen, wie lange die Peristaltik – Sie wissen schon, die wellenförmig sich in der Speiseröhre fortpflanzende Bewegung, mit der wir die Nahrung zum Magen transportieren – wie lange die in dieser Position funktioniert. Nun ja, eines dieser naturwissenschaftlichen Experimente, von denen man nie so genau weiß, wozu sie gut sein sollen. Aber nun kommt's. Wissen Sie, womit er den Jungen gefüttert hat? Mit Gänseleber! Ausgerechnet mit Gänseleber!«

Wieder schüttelte sich Kasparek vor Lachen. In der Tat, das war komisch, jedenfalls erschien es mir damals so. Diese Franzosen! Selbst bei der Durchführung nüchterner naturwissenschaftlicher Experimente achteten sie streng darauf, daß ein gewisses kulinarisches Niveau nicht unterschritten wurde. Die Deutschen hätten den Knaben wahrscheinlich mit Kartoffelbrei, die Briten ihn womöglich mit Porridge gefüttert. Aber die Franzosen…

Außerdem: Konnte man das Experiment nicht auch als eine subtile Rache im Namen aller Stopfgänse deuten, stellvertretend vollzogen an einem französischen Jungen?

»Nicht wahr?« rief mir Kasparek zu, als auch ich mir ein Schmunzeln nicht verkneifen konnte. »Komisch, nicht wahr?«

Und dann fügte er fast im gleichen Atemzug und in demselben angeregten Plauderton hinzu: »Nach genau sechzehneinhalb Minuten setzt die Peristaltik zum ersten Mal aus, der Knabe übergibt sich, schluckt, von Doktor Valbranche zur Disziplin ermahnt, nach kurzer Unterbrechung weiter, nach zweiundzwanzig Minuten bringt er endgültig nichts mehr hinunter oder besser hinauf, und neun Minuten später ist er tot. Aber Gänseleber! Bis zuletzt!«

Ich erstarrte. Ich fühlte, fühle es noch jetzt, da ich in der Nachmittagsschwüle auf der Veranda sitze und meine Caipirinha schlürfe, wie eine Eiseskälte mir das Rückgrat hinaufkriecht. Wie durch einen Schleier hindurch sehe ich Kaspareks vom Lachen verzerrtes Gesicht, sehe seine stechenden Augen, spüre seinen gnadenlosen Blick, mit dem er mir die Haut vom Gesicht abzieht.

Was war das bloß für ein Mensch, daß er über so etwas lachen konnte? Dies oder etwas Ähnliches muß mir durch den Kopf gegangen sein, obwohl ich, wenn ich jetzt darüber nachdenke, doch nicht ganz sicher bin. Denn ich erinnere mich, erinnere mich ganz deutlich, daß ich auf einmal ein Kribbeln in meinen Eingeweiden verspürte, ein Kribbeln oder besser ein Beben, das vom Bauch ausgehend alle meine inneren Organe erfaßte, das schließlich meine Kehle vibrieren ließ und mir die Tränen in die Augen trieb.

Ich lachte, ja, ich lachte aus vollem Halse, und wenn mich nicht alles täuscht, lachte rundum das ganze Lokal, ein hemmungsloses, orgiastisches Lachen. Nur Kasparek, glaube ich, hatte sich inzwischen wieder beruhigt. Während ich noch immer von einem wilden Lachkrampf geschüttelt wurde, blickte er mich mit ernster – soll ich sagen: klinischer? – Aufmerksamkeit an, und als der Tumult sich endlich gelegt und auch ich mich wieder gefaßt hatte, sagte er: »Nun, wo waren wir stehengeblieben?«

IV

Gestern war ich in Alagoinhas, der Kreisstadt, die einige Kilometer landeinwärts zwischen den Hügeln liegt. Ich bin im Landrover dorthin gefahren, habe auf der Bank Geld abgehoben, in einer Bar einen Kaffee getrunken und mir vom Kellner eine Prostituierte empfehlen lassen. Belinda war schwarz, zierlich und von beflissener Leidenschaftlichkeit. Hinterher zeigte sie mir die Postkarten, die sie im Laufe der Zeit bekommen hatte: aus Fortaleza, Lima, Santiago de Chile, aus München und Delmenhorst. Eine sogar aus Kobe in Japan. Ich versprach, auch eine Postkarte zu schicken, wenn ich nach Deutschland zurückgekehrt wäre. Vielleicht hätte ich sagen sollen: falls ich nach Deutschland zurückkehren sollte.

Als ich das Appartement im ersten Stock eines Neubaus in der Rua São João verließ, war es draußen schon Nacht. Auf der Fahrt zurück zu meinem Bungalow am Meer verpaßte ich hinter Entre Rios die Abzweigung nach

Conde. Obwohl ich ahnte, daß ich auf der falschen Straße war, fuhr ich noch einige Kilometer weiter, bis ich schließlich am Rande einer Landarbeitersiedlung haltmachte, um mich anhand der Karte zu orientieren. Kein Zweifel, ich war viel zu weit über Entre Rios hinausgefahren, ich mußte umkehren. Ich legte den Rückwärtsgang ein, um zurückzusetzen und zu wenden, da sah ich im Licht der Scheinwerfer eine Gestalt, die aus dem Straßengraben stieg und auf mich zukam.

Es war ein Mann undefinierbaren Alters, barfuß, in Unterhemd und Hose, den Schlapphut ins Genick geschoben, an seinem Gürtel baumelte in einer Lederschlaufe eine Flasche. Mit einer Hand seine Augen gegen das blendende Licht beschirmend, kam er näher. Als er nur noch zwei, drei Meter entfernt war, blieb er stehen, löste die Flasche vom Gürtel, setzte sie an den Mund und trank. Dann beugte er sich über die Motorhaube, und durch die Windschutzscheibe hindurch sah ich im schwachen Widerschein der Innenbeleuchtung, die ich eingeschaltet hatte, um die Karte lesen zu können, Kaspareks Gesicht. Ganz deutlich sah ich ihn vor mir, grinsend zunächst und dann plötzlich ernst, mit demselben unverschämten Warum-hast-du-mich-verlassen-Blick, mit dem er mich ansah, bevor er sich aus dem Staub gemacht hatte.

Natürlich war es nicht Kasparek. Der hagere Mann in seiner viel zu großen Hose hatte, genaugenommen, nicht die geringste Ähnlichkeit mit ihm. Und doch hatte ich ihn gesehen, hatte es einen Augenblick lang tatsächlich für möglich gehalten, daß er mir auch hierher, auf diesen fernen Kontinent gefolgt war, um mich heimzusuchen, sein Spiel mit mir zu treiben, um mir Begierden und Gelüste einzureden, die mir von Natur aus fremd sind, die ich mir jedenfalls nie gestatten würde. Es sei denn, jemand wie er wendete mein Innerstes nach außen... oder pflanzte sie mir ein, um sie alsdann als mein Innerstes nach außen zu kehren...

Für einen kurzen Moment war ich gelähmt vor Schreck. Dann gab ich Gas und fuhr mit heulendem Motor einige hundert Meter rückwärts die Schotterstraße entlang, bis mir vom Rückwärtsschauen das Genick schmerzte und ich anhalten mußte. Ich habe schlecht geschlafen in letzter Zeit, genaugenommen habe ich seit jenem Abend in D. keine einzige Nacht mehr richtig durchschlafen können. Kein Wunder, daß ich nervös bin, Gespenster sehe, in einem brasilianischen Landarbeiter Kasparek zu erkennen glaube.

Es war spät, als ich schließlich an meinem Bungalow ankam. Im Speisesaal des Hotels waren schon alle Lichter gelöscht. Aber auf der Veranda des benachbarten Bungalows mußten noch Leute sitzen, denn durch das Dunkel hindurch sah ich, wie drüben dann und wann eine Zigarette aufglühte. Ich wurde das Gefühl nicht los, daß man mich beobachtete, und als wenig später drüben das Licht im Haus anging und nach einigen Minuten wieder verlosch, bildete ich mir ein, diese mir völlig fremden Menschen hätten auf mich gewartet und sich erst schlafen gelegt, als sie sicher sein konnten, daß ich in meinen Bungalow zurückgekehrt sei.

Ja, wo waren wir stehengeblieben? Kasparek war es, der die Frage stellte, und sofort fühlte ich mich, als hätte er mich bei einer Unaufmerksamkeit ertappt. Dabei war er es doch gewesen, der mit seiner Geschichte von dem Sohn eines Tagelöhners, der mit Gänseleber gestopft wird, uns von unserem Thema abgebracht hatte.

»Nun?«

Sein Blick ließ mir keine Wahl. Also bemühte ich mich, so gut es ging, unser bisheriges Gespräch zu rekapitulieren: Mein Tischnachbar hatte angefangen zu erzählen, warum er seinen Posten als Kommissar aufgegeben hatte und vorzeitig in den Ruhestand getreten war. Dann waren wir irgendwie noch einmal auf mich gekommen, auf die Kriminalromane, die ich in meinem kleinen Verlag herausbrachte, und er hatte sich als Liebhaber dieser Gattung zu erkennen gegeben, was mich, der ich in diesem Punkt zugegebenermaßen etwas empfindlich bin, sehr für ihn eingenommen hatte. Und dann?

Auf einmal diese Leichtigkeit, als wäre alle Erdenschwere von mir abgefallen. Während ich mich zu erinnern versuchte, an welchem Punkt wir vom Pfad unseres Gesprächs abgekommen waren, war mir, als ob das Gewicht, mit dem mein Körper auf der Sitzfläche des Stuhls lastete, sich verringerte, ich spürte, wie ich angehoben wurde, zu schweben begann, wie der Auftrieb Kasparek und mich mitsamt unseren Stühlen und dem Tisch emportrug. Das Stimmengewirr blieb unter uns zurück, während wir ohne alle Mühe, so schien es jedenfalls, die Decke durchstießen und in den nachtblauen Himmel hinaufstiegen.

Ich erinnere mich, daß ich ihn noch fragen wollte, wie das denn möglich sei, wir beide hier in luftiger Höhe unter dem Sternenzelt, aber angesichts der Weite des Alls erschien mir die Frage so kleinlich, daß ich sie mir dann doch lieber versagte. Und als wir wieder unten waren und die Schwerkraft die Dinge und uns wieder an ihren Ort gestellt hatte, als das Stimmengewirr wieder einsetzte und über uns die rauchgeschwärzte Decke sich meinem prüfenden Blick unversehrt darbot, da war ich froh, daß ich mir die Frage verkniffen hatte, weil ich offensichtlich für einen kurzen Moment einer Halluzination erlegen war.

»Sehen Sie, so geht das, wenn man älter wird. Jetzt habe ich doch tatsächlich den Faden verloren.«

Kasparek schüttelte in komischer Verzweiflung den Kopf. Aber besonders unglücklich schien er darüber nicht zu sein. Ob mir, dem um einiges Jüngeren, so etwas gelegentlich auch passiere, wollte er wissen. Aber als ich ihm das bestätigte, auch sogleich einige schlagende Beispiele parat hatte und mich, meiner hypochondrischen Neigung nachgebend, in die Details meiner in der Tat mit fortschreitendem Alter auffällig zunehmenden Vergeßlichkeit zu verlieren begann, unterbrach er mich freundlich, aber bestimmt.

»Weil wir gerade bei dem Thema sind«, sagte er, indem er zur Abwehr meines Wortschwalls beide Hände hob. »Können Sie sich noch daran erinnern, wann Sie damit angefangen haben, zu ächzen, wenn Sie sich bücken? Oder seit wann Sie die Treppe nicht mehr hinunterspringen, sondern sich, eine Hand am Geländer, Stufe für Stufe hinuntertasten? Ich meine den genauen Zeitpunkt.«

Den genauen Zeitpunkt! Du liebe Güte! Wie soll ein Mensch so etwas wissen? Seine Fragen, obwohl im freundlichen Plauderton vorgebracht, weckten in mir unangenehme Erinnerungen an meine Schulzeit, an das Gefühl der Nichtswürdigkeit, das mich immer überkam, wenn ich in kindlichem Überschwang mich wieder einmal in lauter unbedeutende Einzelheiten verstrickt hatte und der Lehrer mich unter dem anschwellenden Gekicher meiner Mitschüler mit einer präzisen Frage unterbrach, auf die ich wie üblich keine Antwort wußte.

»Irgendwann muß man doch damit angefangen haben, nicht wahr?«

Kasparek lächelte. Natürlich, irgendwann fängt man damit an, aber dann wird es zur Gewohnheit und bald schon kann man sich beim besten Willen nicht mehr daran erinnern, seit wann das so ist. Nur daß es früher wohl einmal anders gewesen sein muß... Obwohl man mit der Zeit vielleicht nicht einmal das mehr ganz sicher sagen kann.

»Keine Ahnung«, sagte ich. »Ich erinnere mich nicht. Wie gesagt, mein Gedächtnis...«

Im Gegensatz zu meinem strengen Lehrer, an den ich mich leider bis heute allzu gut erinnere, war Kasparek voller Verständnis.

»Jaja«, seufzte er. »Und plötzlich kommt es einem so vor, als wäre es schon immer so gewesen. Dabei weiß man im Grunde ganz genau...«

Er unterbrach sich, schnippte mit Daumen und Mittelfinger, sein ganzes Gesicht strahlte: »Ich hab's!«

»Sie haben was?«

»Ich weiß, wo wir stehengeblieben waren: Wie kommt so einer wie ich dazu, zur Polizei zu gehen?«

So viel glaubte ich nun allerdings genau zu wissen, daß wir darüber bisher nicht gesprochen hatten. Aber bitteschön! Wenn er partout das Gespräch auf diese Frage ablenken wollte, mir sollte es recht sein. Ich schlug zur Abwechslung das rechte Bein über das linke, lehnte mich zurück und blickte mein Gegenüber erwartungsvoll an. Also gut: Wie kam so einer wie er dazu, zur Polizei zu gehen?

Kasparek ließ sich Zeit. »Gute Frage« – er nickte, und dann gleich noch einmal: »Gute Frage«, als hätte ich und nicht er das Thema angeschnitten. »Oh« – wieder diese abwehrende Bewegung mit beiden Händen – »oh, Sie sind nicht der einzige, der diese Frage stellt. Was meinen Sie, wie oft meine Frau mich gefragt hat: Wieso bist du eigentlich Polizist geworden, wenn dir das alles so auf die Nerven geht? Aber sie interessierte sich natürlich nicht wirklich für meine Beweggründe. Bei ihr war es mehr als Vorwurf gemeint. Mit ihr hätte ich niemals darüber sprechen können. Sie hätte mich nicht verstanden. Aber Sie ...« – er senkte die Stimme zu einem vertraulichen Flüstern – »bei Ihnen ist das etwas anderes. Sie sind ja gewissermaßen vom Fach.«

Ich gebe zu, es schmeichelte mir, daß ein echter Kriminalkommissar, wenn auch ein inzwischen pensionierter, mich wie seinesgleichen behandelte, mir zumindest zutraute, Dinge seines Fachs kompetent zu beurteilen. Jetzt, im nachhinein, muß ich sagen, daß er es überhaupt meisterhaft verstand, mich mit seiner verbindlichen Art und mit kleinen nebenher eingestreuten Schmeicheleien für sich einzunehmen. Immer wieder gelang es ihm, aufkeimendes Mißtrauen zu zerstreuen, mich, zumal nach seinen plötzlichen Wutausbrüchen, sogleich wieder zu beruhigen, ja, geradezu einzulullen, so daß ich, als es darauf ankam, als ich schließlich zu ahnen begann, daß es am Ende bei bloßen Worten womöglich nicht bleiben würde, doch nicht wirklich begriff, worauf ich mich da eingelassen hatte.

»Also, was glauben Sie, weshalb ich damals, vor fast dreißig Jahren, zur Mordkommission gegangen bin?«

Er sah mich an, als erwarte er eine Antwort von mir, aber eh ich die Chance hatte, etwas zu sagen, fuhr er schon fort.

»Ich will es Ihnen sagen: Nicht um das Verbrechen zu bekämpfen oder um dem Recht Geltung zu verschaffen, wie Sie vielleicht glauben. Das ist etwas für Menschen, die mit Ärmelschonern auf die Welt kommen. Nicht für mich. *Mich* hat immer nur das Böse interessiert. Schon als Kind. Ich suchte das Böse, ich spürte ihm nach bis in die verborgensten Winkel, weil ich mich von ihm unwiderstehlich angezogen fühlte. Das änderte sich auch nicht, als ich erwachsen war. Womöglich prägte sich dieser Zug meines Charakters mit den Jahren noch stärker aus. Ich wollte dem Geheimnis des Bösen auf die Spur kommen, nicht es austilgen.«

Das Geheimnis des Bösen – ich will nicht behaupten, daß ich mich bis zu diesem Tag dafür besonders interessiert hätte, obwohl ich als Verleger nahezu täglich mit Texten zu tun hatte, in denen es um Verbrechen und ihre Aufklärung ging. Aber durch einen merkwürdigen Zufall war mir damals gerade ein Buch unter die Augen gekommen: Das Böse. Eine historische Phänomenologie des Unerklärlichen, oder so ähnlich. In diesem Buch erschien das Böse als eine Art Wechselbalg, der sich jeder genauen Definition entzieht, der im Wandel der Zeiten mal diese, mal jene konkrete Form annimmt je nach der historischen oder sozialen Situation, aus der heraus geurteilt und verurteilt wird.

Vor dem Hintergrund dieser meiner neuesten Erkenntnisse versuchte ich also meinem Gesprächspartner klarzumachen, daß, begriffs- beziehungsweise ideengeschichtlich betrachtet, von dem Bösen als einem objektiv bestimmbaren Gegenstand oder Gegenstandsbereich eigentlich nicht gesprochen werden könne, daß hierbei vielmehr wechselnde Übereinkünfte, Vorurteile, wohl auch Interessen, nicht zuletzt solche der Staatsräson...

Ich kam nicht sehr weit mit meiner Belehrung. Während ich sprach, wurde Kasparek zuerst bleich, dann zornesrot, seine Lippen fingen an zu zittern, an seinen Händen, die die Armlehnen seines Stuhls umfaßten, traten die Knöchel weiß hervor.

»Sie wissen sehr gut, was das Böse ist!«

Er spie mir den Satz ins Gesicht. Und als ich vor Schreck zusammenzuckte und keinen Ton mehr herausbrachte, schrie er so laut, daß alle rundum es hören mußten: »Wollen Sie mir weismachen, Sie wüßten nicht, was das Böse ist? Ausgerechnet Sie wollen mir das weismachen?«

Ich saß da wie ein gemaßregelter Schuljunge. Und auf einmal stand mir das Bild meiner Mutter vor Augen. Groß und drohend stand sie neben meinem Bett, und als ich mit einer hastigen Bewegung versuchte, das Heft mit den bunten Bildchen halbentblößter Frauen unter der Bettdecke verschwinden zu lassen, sagte sie: »Glaubst du, ich weiß nicht, was du da machst?« Sie sprach ruhig, ohne Vorwurf, aber mit kalter Verachtung in der Stimme. Ich lag da wie ein elender Wurm. Sie hätte mich zertreten können. Aber aus Gründen, die mir bis heute verborgen geblieben sind, zog sie den schon erhobenen Fuß zurück und ging ohne ein weiteres Wort hinaus.

Rundum im Lokal herrschte Schweigen, alle Blicke waren auf mich gerichtet. Kasparek, das war nicht zu übersehen, bebte noch immer vor Erregung. Für einen kurzen Augenblick dachte ich daran, aufzustehen, meine Rechnung zu begleichen und mich davonzumachen. Aber dann fiel mir ein, daß ich ja etwas zu essen bestellt hatte. Wenn ich jetzt einfach ginge, würde ich vermutlich den Zorn des Wirts herausfordern, und wer weiß, was das für Folgen haben würde. Also atmete ich tief durch, griff betont gelassen nach meinem Glas, nippte ein paarmal daran und stellte es wieder auf den Tisch zurück.
Wieso sagte er das: Ausgerechnet Sie? Gut, er sah in mir so etwas wie einen Fachmann auf dem Gebiet der Kriminalitat, weil ich als Verleger Krimis herausgab. Und in gewisser Weise hatte er damit ja auch recht. Aber ich wurde das Gefühl nicht los, daß er eine intimere Kennerschaft im Auge hatte, eine Kennerschaft, die nichts

mit meinem Beruf, dafür aber viel mit mir selbst zu tun hatte.

Allerdings erklärte das immer noch nicht, warum er sich so sehr erregte. Ich hatte eigentlich ja gar nicht meine eigene Meinung kundtun, schon gar nicht ihm widersprechen, sondern nur darauf hinweisen wollen, daß es womöglich Gründe geben könne, in dieser heiklen Sache weniger entschieden zu urteilen, als wir es normalerweise tun.

»Natürlich habe ich wie alle anderen Menschen meine ziemlich festen Vorstellungen von Gut und Böse«, sagte ich beschwichtigend. »Ich wollte nur zu bedenken geben …«

Wieder unterbrach er mich: »Papperlapapp!«

Aber seine Wut schien schon wieder verraucht zu sein, denn der Ausdruck, für sich genommen eine barsche und unhöfliche Zurückweisung, klang aus seinem Munde eher wie das Angebot, die Sache auf sich beruhen zu lassen. Papperlapapp! – das hieß soviel wie: Wir wissen beide nur allzu gut, was wir von diesem Wissenschaftlergeschwätz zu halten haben. Und merkwürdigerweise stimmte ich ihm innerlich zu, zuckte wohl gar entschuldigend mit den Achseln oder machte eine wegwerfende Handbewegung, jedenfalls beteuerte ich, daß ich seine Haltung zu dieser Frage sehr gut verstehen könne, weil auch ich mich einer gewissen Faszination ...

»Faszination! Ja, das ist das richtige Wort«, rief er aus. »Ich wußte, daß Sie mich verstehen würden. Ich glaubte an das Böse und es faszinierte mich. Es beflügelte und lähmte mich zugleich. Nichts anderes hatte mehr Platz in meinem Kopf. Tag und Nacht wandelte ich auf seinen Spuren, und wenn ich erschöpft nach Hause kam, fand ich immer noch keinen Schlaf, sondern saß stundenlang im Dunkeln und gab mich meinen fiebrigen Träumen hin. Weil ich fest davon überzeugt war, daß das Böse sich vor allem im Verbrechen manifestiere, ging ich zur Polizei. So sehr war ich davon überzeugt, daß ich die ersten untrüglichen Anzeichen für seinen Niedergang gar nicht bemerkte.«

»Niedergang?«

»Den Niedergang des Verbrechens, ja. Das Böse ist ewig und unwandelbar. Aber das Verbrechen ist Menschenwerk und als solches dem Verfall ausgesetzt.«

Im normalen Verständnis bin ich kein religiöser Mensch. Ich gehe nicht zur Kirche, ich bete nicht, und ich glaube auch nicht, daß es mir helfen würde, wenn ich das eine oder das andere gelegentlich täte. Andererseits habe ich schon immer ein laienhaftes Interesse an den sogenannten fundamentalen Fragen der menschlichen Existenz gehabt, weshalb ich auch jetzt, als Kasparek für einen Augenblick ins Grundsätzliche abzugleiten schien, keineswegs ungeduldig wurde. Der Niedergang des Verbrechens und die Zeitlosigkeit des Bösen – ich fühlte, wie mich der Hauch der Ewigkeit anwehte. Aber während ich noch dem tieferen Sinn seiner Äußerung nachspürte, war Kasparek schon wieder zur Erde herabgestiegen.

»Erinnern Sie sich an den Fall des Todesschützen von Austin, der damals durch alle Zeitungen ging?« fragte er. »Nein? … In Austin, Texas, steigt so ein Kerl auf das Dach eines vierstöckigen Hauses und erschießt von da oben wahllos fünfzehn Menschen. Und als ihm die Munition ausgeht, kommt er runter, läßt sich von der Polizei widerstandslos festnehmen und erklärt den wartenden Journalisten, er habe seiner Freundin beweisen wollen, daß er ein Mann ist. Erinnern Sie sich?«

Ich glaubte mich vage daran zu erinnern, etwas dergleichen vor vielen Jahren gelesen zu haben, konnte aber nicht auf Anhieb erkennen, was daran so bedeutend sein sollte.

»Jaja, ich erinnere mich dunkel. Irgend so ein Verrückter …« Meine etwas laue Antwort brachte ihn erst richtig in Fahrt.

»Nein, nein, mein Lieber, kein Verrückter, ein durch und durch normaler Bürger, kinderlieb, hilfsbereit, netter Nachbar und Kollege mit den üblichen kleinen Verklemmtheiten und dem ganz normalen männlichen Imponiergehabe. So, mein Lieber, sieht das Verbrechen aus, wenn es von Normalbürgern begangen wird. Ohne Sinn und Verstand, ohne Gefühl für das Dämonische, einfach: peng!«
»Aber damals« – er hob die Hände und ließ sie mit einer resignierten Bewegung gleich wieder auf die Armlehnen zurücksinken – »damals war ich noch jung und ich ahnte nicht, was da auf mich zukam. Damals dachte ich, das ist halt Amerika. Hier in Europa, dachte ich, braucht man einen Grund, um jemand umzubringen, einen triftigen Grund. So ein richtiger abendländischer Mord, dachte ich damals, der braucht ein richtiges starkes, alle moralischen Bedenken hinwegfegendes Motiv: Haß, Habgier, Eifersucht, Rache, die Gier nach Macht. Es dauerte lange, bis ich begriff, daß auch bei uns immer mehr amerikanische Zustände eingerissen waren.«

Amerikanische Zustände, das war etwas, worüber ich mitreden konnte. War nicht auch ich ein Opfer von Veränderungen, die wie üblich jenseits des Atlantik begannen und dann mit einiger Verspätung zu uns herüberdrangen? War es nicht das Umsichgreifen amerikanischer Geschäftsmethoden in meiner eigenen Branche, das mir mehr und mehr die Freude an meinem Beruf verdarb?

»Im Verlagswesen…«, setzte ich an, aber Kasparek war nicht mehr zu bremsen.

»Nehmen Sie zum Beispiel den Fall Köselitz!« rief er aus. »Vielleicht erinnern Sie sich noch daran: die beiden Jugendlichen, die am hellichten Tag ohne jeden ersichtlichen Grund einen Rentner niederschlugen. Erinnern Sie sich?«

Nein, ich erinnerte mich nicht, aber das schien ihn nicht im mindesten zu stören.

»Vierundsiebzig oder fünfundsiebzig muß das gewesen sein. Ein gefundenes Fressen für die Presse. Jugend und Gewalt. Na, Sie wissen schon. Das ist ja auch heute wieder ein beliebtes Thema. Hier war das, keine zweihundert Meter von diesem Lokal entfernt… Oder wenig später dieser Sparkassenangestellte, der nach Feierabend bloß so zum Spaß auf vorbeifahrende S-Bahn-Züge schoß und dabei ein sechsjähriges Mädchen umbrachte. Wie hieß der doch gleich? Winkler? Wankler?«

»Wandler«, warf ich ein, froh, endlich einmal eine Kleinigkeit beisteuern zu können. Der Fall hatte sich mir merkwürdigerweise eingeprägt, noch dazu mit allen

Einzelheiten: Ein Familienvater, der selbst eine sechsjährige Tochter hatte. Abends nach dem Essen zog er den Trainingsanzug an, sprengte den Rasen vor dem Reihenhaus, gab seiner Tochter einen Gute-Nacht-Kuß und dann, in der beginnenden Abenddämmerung, brach er auf, das Gewehr im Kofferraum seines gepflegten Mittelklassewagens. Seine Frau glaubte, er mache Jogging.

»Wandler! Richtig!« Kasparek, vor Erregung schnaufend, strahlte mich an. »Na, sehen Sie! Ihr Gedächtnis ist besser als meins ... Wandler, ja, so hieß er. Das beste an dem Fall war noch der Name, und auf den wäre ich jetzt ohne Ihre Hilfe gar nicht mehr gekommen.«

Einen Augenblick schien es, als habe ihn der abermalige Beweis seiner Vergeßlichkeit entmutigt. Aber dann fuhr er plötzlich fort: »Wandler, Köselitz ... *das* waren meine Fälle. Oder dieser bleiche Jüngling – wie alt wird der gewesen sein? Zwanzig? Einundzwanzig? –, der aus dem Gebüsch heraus auf Fußballer und Reiter schoß. Wissen Sie, was der bei seiner Vernehmung als Motiv angab? Er schieße nun einmal so gern auf sich bewegende Ziele! Wörtlich so! Nun frage ich Sie: Sind das Verbrechen? Wo ist denn da die kriminelle Energie? Das hat doch alles kein Format! Verstehen Sie, daß mich das krank machen mußte?«

Krank? Aber hatte er nicht gesagt, er sei nicht aus gesundheitlichen Gründen aus dem Dienst geschieden, sondern aus freien Stücken in Frühpension gegangen? Nun, wie auch immer. Jedenfalls war es der Niedergang des Verbrechens, der ihn nicht nur aus seinem Beruf vertrieben hatte, sondern ihn auch jetzt noch so aufwühlte, daß er sich schier in Rage redete.

Ordnung und Gerechtigkeit – sein rechter Mundwinkel zuckte verächtlich –, das alles habe ihn nie interessiert. Ihn interessiere allein das Vitale, die Kraft, die allen kleinlichen Bedenken spottende Schönheit des Verbrechens. »Ja, Schönheit!« bekräftigte er, einem möglichen, aber tatsächlich von mir gar nicht erwogenen Widerspruch zuvorkommend. »Auch ein Kriminalist hat Anspruch auf Schönheit!« Ich als Verleger müsse dafür doch wohl Verständnis aufbringen können.

Nun konnte ich mir durchaus vorstellen, was er damit meinte: die Schönheit des Verbrechens. Jedenfalls glaubte ich zu wissen, wovon er sprach. Warum werden Kriminalromane geschrieben und verlegt, warum lesen wir sie mit solcher Hingabe? Weil das Verbrechen einen ästhetischen Reiz auf uns ausübt, weil es uns fesselt, fasziniert. Weil es in gewisser Weise tatsächlich schön ist. Selbst dann, wenn es uns mit Grauen und Abscheu erfüllt und wir am Ende vielleicht vor uns selbst erschaudern, weil wir solch zwiespältiger Empfindungen fähig sind.

Freilich wäre ich nie auf die Idee gekommen, daß ein Polizist die Sache auch so betrachten könnte. Wie hatte er sich ausgedrückt? Auch ein Kriminalist hat Anspruch auf Schönheit. Klang das nicht wie der Hilfeschrei einer gequälten Kreatur? Wie mußte dieser offenbar hochsensible Mensch unter den Enttäuschungen seines Berufsalltags gelitten haben! Wie lange mochte er auf die Gelegenheit gewartet haben, darüber mit einem Menschen zu sprechen, bei dem er auf Verständnis rechnen konnte?

Oh, ich verstand ihn nur zu gut. Auch mich quälte die Banalität meines Berufsalltags, das kleinliche Gezerre um Prozente, der allgegenwärtige Jargon der Marketing-Experten, die dreiste Verachtung, mit der die Feuilletonredakteure Kriminalromane, zumal wenn sie von einem kleinen Verlag herausgebracht wurden, einfach nicht zur Kenntnis nahmen. Hatte nicht auch ich unter falschen Voraussetzungen meinen Beruf ergriffen und schließlich einsehen müssen, daß er mir die Erfüllung, die ich mir davon versprochen hatte, nicht zu geben vermochte?

»Ich verstehe Sie sehr gut«, sagte ich. »Ich als Verleger ...«

»Nicht wahr?« Sein Kopf kam mir über den Tisch hinweg entgegen. Er flüsterte fast, als er weitersprach. »Die Kriminalgeschichte ist voll von teuflischen Plänen, geboren aus heißer Gier und kaltem Verstand, ins Werk gesetzt mit der Energie von Besessenen, die alles riskieren, um ihr Ziel zu erreichen, die die menschliche Ordnung selbst und die sie schützende Macht in Frage stellen. Und ich?« – Er erhob die Stimme – »Womit mußte ich mich Tag für Tag befassen? Mit verklemmten Spießern, mit dummen Jungen, mit Biedermännern, die ihre Präzisionsgewehre pflegen wie andere Leute ihre Kleinwagen.«

Wieder kam sein Kopf näher, wieder senkte er die Stimme. »Warum wimmelt es in der Literatur nur so von großen Verbrechern? Von Verbrechern und ihren Gegenspielern: Inspektor Dupin, Sherlock Holmes, Hercule Poirot... Na, Ihnen brauche ich die Namen nicht aufzuzählen. Sie kennen sich da ja besser aus als ich. Weil das wirkliche, große Verbrechen schön ist... und weil der begnadete Kriminalist sich dieser Tatsache bewußt ist und bei der Lösung seines Falles Scharfsinn und Eleganz verbindet. Scharfsinn und Eleganz...

Wissen Sie, was das Geheimnis der großen Kriminalisten ist? Natürlich wissen Sie das. Daß sie den großen Verbrechern so ähnlich sind. Sie versetzen sich in den Verbrecher, den sie jagen, denken mit seinem Hirn, las-

sen sich von seinen dämonischen Trieben mitreißen, verschmelzen mit ihm. Nur weil sie selbst der Dämonie des Verbrechens verfallen sind, gelingt es ihnen, das Geheimnis zu enträtseln, das die ruchlose Tat umgibt. Ich wußte, ich hatte das Zeug zu einem wirklich großen Kriminalisten, und ich glaubte fest daran, daß irgendwo da draußen« – seine Rechte umriß in einem weiten Bogen das uns umgebende Reich der Finsternis – »daß irgendwo da draußen mein Gegenstück lauerte, der große, geniale Verbrecher... Es war ein Irrtum, ein verhängnisvoller Irrtum.«
Für einen Augenblick schien er in sich zusammenzufallen. Der Kopf sank ihm auf die Brust, er schloß die Augen, seine Hände lagen leblos in seinem Schoß. War es der Schmerz, der ihn daran hinderte, weiterzureden, die peinigende Erinnerung an die großen Hoffnungen, mit denen er einst in seinen Beruf eingetreten war? Als ich ihn so zusammengesunken vor mir auf dem Stuhl sitzen sah, wurde ich so vehement von dem Gefühl der Vergeblichkeit ergriffen, daß auch ich für einen Augenblick die Augen schließen mußte, weil mir sonst womöglich Tränen der Rührung gekommen wären.

Wer weiß, wie lange wir so stumm und wie schlafend einander gegenübergesessen hatten, als ein Räuspern mich hochfahren ließ. Vor mir auf dem Tisch stand ein großer rechteckiger Kantinenteller, der in drei Fächer unterteilt war. In dem großen Fach lag fast ganz von einer sämigen hellbraunen Soße bedeckt ein Stück Fleisch, in den beiden kleineren die Bratkartoffeln und der Salat. »Guten Appetit!« sagte der Wirt und dann, auf mein leeres Glas zeigend, mit einem bemühten Lächeln: »Noch einen Wein?«

Ich nickte mechanisch, noch immer mit der Benommenheit ringend. »Und mir noch ein Pils!« rief Kasparek gutgelaunt. Die Wehmut, die ihn soeben noch zu Boden gedrückt hatte, schien schon wieder verflogen zu sein.

V

Mit dem Messer kratzend versuchte ich die Konturen meines Schnitzels unter der dickflüssigen Soße freizulegen, schnitt mit einiger Mühe einen Bissen ab und führte ihn, ein wenig skeptisch zwar, doch nicht ganz ohne Zuversicht, zu Munde. Ich biß zu, einmal, zweimal, schob das Stück Fleisch mit der Zunge von der rechten auf die linke Seite hinüber, versuchte es noch einmal mit der ganzen Kraft meiner Kiefer. Auf meiner Zunge der griesige Geschmack der Mehlschwitze. Das Fleisch selbst schien absolut geschmacksfrei zu sein. Dafür war es enorm elastisch und widersetzte sich erfolgreich all meinen Bemühungen, es mit den Zähnen zu zerkleinern.
Ich schielte zu Kasparek hinüber. Als ich sicher war, daß er mich nicht beobachtete, nahm ich den Bissen aus dem Mund und legte ihn auf den Rand des Tellers. Ich kostete von den Bratkartoffeln. Sie waren glasig und schmeckten nach ranzigem Fett. Den Salat wagte ich nach diesen bei-

den Kostproben kaum noch anzurühren. Als ich es dann dennoch tat, nahm ich, nun schon fast amüsiert, wahr, daß er penetrant nach Essigessenz schmeckte. Wenn es sich wenigstens um naturbelassenen Sauerampfer gehandelt hätte oder um Löwenzahn oder Brennesseln ... Ich war drauf und dran, den Teller beiseite zu schieben, als der Wirt mit meinem Glas Wein erschien, artig »Zum Wohl!« sagte und wiederum, rührend um Höflichkeit bemüht, eine Verbeugung andeutete. Was sollte ich tun? Ich konnte ihn, der es so offensichtlich gut mit mir meinte, unmöglich dadurch brüskieren, daß ich das Essen einfach zurückwies. Außerdem, so sagte ich mir, kann man sich die Prüfungen nicht aussuchen, die das Schicksal für einen bereithält. Bei meinem Vater waren es Sauerampfer, Löwenzahn und Brennesseln gewesen, bei mir war es nun eben dieses Schnitzel natur mit Bratkartoffeln und Salat.

Ich nahm also ein Blatt von dem Salat, tauchte es in die Soße, was ihm die Schärfe der Essigessenz nahm, und brachte es glücklich hinunter. Durch dieses Erfolgserlebnis bestärkt, versuchte ich dasselbe mit den Bratkartoffeln, und schließlich gelang es mir sogar, einige winzige Stücke von meinem Schnitzel unzerkaut hinunterzuschlucken.

»Schmeckt's?«

Kasparek, der soeben mit sichtlichem Behagen einen langen Zug aus seinem Bier genommen hatte, blinzelte mich über den Rand des Glases an. Ob er bemerkt hatte, wie ich mich mit dem Essen quälte? Täuschte ich mich, oder schwang da in seiner so freundlich vorgebrachten Frage ein ironischer Unterton mit?

Sie werden bekommen, was Sie bestellt haben!

Wie immer das gemeint gewesen war, ihm gegenüber würde ich mir jedenfalls nichts anmerken lassen.

»Danke«, antwortete ich höflich und nickte meinem Gegenüber freundlich zu. »Danke, sehr gut.« Zum Beweis meiner Worte schnitt ich mir ein größeres Stück von meinem Schnitzel ab, kaute eine Weile darauf herum und schluckte es schließlich beherzt hinunter.

»Jaja«, seufzte Kasparek. »Hinterher fragt man sich, wieso man nicht schon früher aufbegehrt, wieso man sich das so lange hat gefallen lassen. Aber es gibt nun mal Irrtümer, die einem so zäh anhaften, daß sie viele Male widerlegt werden müssen, ehe man sie ablegen kann. Oder es liegt daran, daß man sie im Grunde gar nicht ablegen möchte, weil man sich vor den Konsequenzen fürchtet.«

Er jedenfalls habe viele Jahre gebraucht, um sich seiner Illusionen zu entledigen. Während all dieser Zeit habe er Mörder gejagt, die in Wirklichkeit gar keine waren.

Alle seine Phantasie und Einfühlungskraft habe er daran gesetzt, Fälle zu lösen, die der Zufall diktiert habe oder die banale Psychologie des Alltags, gedankenlose, belanglose Taten belangloser, austauschbarer Menschen. »Ich habe einfach nicht sehen wollen, was doch allzu offensichtlich war. Auch wenn es mich mit der Zeit richtig krank gemacht hat, dieses Kleine-Leute-Verbrechen, diese sinnlose, miefige Normalität.«
Krank? Schon wieder sprach er davon, daß ihn seine Arbeit krank gemacht habe. War es Zufall oder war es ein Signal, ein versteckter Hinweis, den ich ernst nehmen sollte? Vielleicht war er tatsächlich krank, vielleicht brauchte er Hilfe. Vielleicht erzählte er mir das alles nur, weil er sonst niemand hatte, der ihm in seiner Not beistehen konnte. Andererseits konnte es natürlich auch nur eine Redewendung sein, die man nicht wortwörtlich nehmen durfte. Wie oft hatte ich selbst gesagt, daß dies oder jenes mich krank mache, und damit doch nichts anderes gemeint, als daß es mich betrübe, ärgere, mir auf die Nerven gehe.
Schließlich, sagte Kasparek, habe er es einfach nicht mehr ausgehalten. Vor allem, als es dann auch noch mit dem sogenannten organisierten Verbrechen losgegangen sei. Da habe er den letzten Rest an jugendlichem Idealismus eingebüßt. Soviel jedenfalls könne er heute

mit Sicherheit sagen: Wenn er vorher gewußt hätte, was ihn erwartete, nie und nimmer hätte er diesen Beruf ergriffen.

Wieder seufzte er, hüllte sich für eine Weile in nachdenkliches Schweigen und dann, als ich gerade etwas Tröstliches sagen wollte, fügte er mit einem feinen Lächeln hinzu: »Wer weiß, vielleicht wäre ich Verleger geworden wie Sie…«

Mag sein, daß ich weniger heftig reagiert hätte, wenn mich die eiserne Disziplin, mit der ich mein Schnitzel natur mit Bratkartoffeln und Salat zur knappen Hälfte verzehrt hatte, nicht schon ein wenig überfordert hätte. Aber in diesem Augenblick erschien es mir geradezu empörend, daß mein Gesprächspartner ausgerechnet den Beruf des Verlegers, noch dazu eines Verlegers, wie ich einer war, als eine Art idyllischer Alternative zu seinem eigenen beklagenswerten Berufsschicksal hinstellte. Ob ihm klar sei, was er da sage, wollte ich von ihm wissen. Ob er überhaupt eine Ahnung habe, was es heute bedeute, Verleger zu sein? Ob er sich vorstellen könne, mit welchen Leuten jemand wie ich sich tagein, tagaus herumschlagen müsse?

Kasparek war völlig überrascht von der Heftigkeit meiner Reaktion. Mit eingezogenem Kopf, den Oberkörper gegen die Stuhllehne gepreßt, saß er da, kniff die Lippen zusammen und stülpte sie gleich darauf wieder nach außen, ein paarmal hintereinander: zusammenkneifen, ausstülpen, als versuche er verzweifelt, Worte zu formen. Aber jetzt war erst einmal ich am Zug.

Er solle nur ja nicht glauben, nur er habe Grund, sich zu beklagen. Er gebe sich offenbar Illusionen über den Beruf des Verlegers hin, Illusionen – das wolle ich gern einräumen –, denen auch ich selbst allzu lange angehangen hätte. In Wirklichkeit aber – das könne er mir abnehmen – sehe es in der Buchbranche heute nicht viel anders aus als im Maklergewerbe: Es gehe nur noch darum, so schnell wie möglich so viel Geld wie möglich zu verdienen. Alles andere werde diesem Ziel bedingungslos untergeordnet.

»Das Buch ist heute eine Ware wie andere auch, der Text selbst, die Sprache, der Reichtum der Phantasie und der Gedanken, das alles interessiert nur noch so altmodische Menschen wie mich. Wer Erfolg haben und anerkannt werden will, der muß auf das leicht Verkäufliche setzen: den Bildband für Katzenfreunde, den Ratgeber: Sex im Alter, die Anleitung zum Steuersparen oder das Buch zum Film und zur Fernsehserie. Schauen Sie sich doch einmal die Bestsellerlisten an: immer dieselben drei, vier Großverlage! Von den Medien ins Rampenlicht gehobene Skandalautoren, mit Werbemillionen inszenierte Buchsensationen, willfährige, weil bestochene Kritiker – wie bitte soll dagegen ein kleiner Verleger bestehen, zumal wenn er an Qualität und Seriosität festhält?«

Hocherhobenen Hauptes schritten sie daher, die geschäftstüchtigen Banausen der Verlegerbranche. Nicht einmal ein Anflug von schlechtem Gewissen, keine Spur von Minderwertigkeitsgefühl gegenüber den wenigen Narren, die noch gute Bücher machten. Ihr Ehrgeiz richte sich einzig darauf, hohe Auflagen zu erzielen und Geld zu verdienen. Mit Liebe und Sorgfalt gute Bücher zu machen, das sei heute eine Sache von wenigen idealistischen Kleinverlegern, die – so viel sei abzusehen – zum Aussterben verurteilt seien. Weil die Leser sie im Stich ließen, weil Qualität eben nicht mehr verlangt werde, weil die Masse sich nun mal lieber mit Schund begnüge.

Kasparek, der sich darauf verlegt hatte, mir nach jedem zweiten Satz heftig und bestätigend zuzunicken, schien beeindruckt zu sein: »Da sitzen wir also gewissermaßen im selben Boot.« Er gebe zu, daß er sich bis heute abend ein völlig falsches, geradezu romantisch überhöhtes Bild vom Verlegerberuf gemacht habe. Oh, er könne nur zu gut verstehen, wie mir zumute sei. Um so mehr bedauere er, daß er so unaufmerksam gewesen sei und immer nur von sich und seinen Problemen gesprochen habe, wo ich doch offenbar mehr als genug mit meinen eigenen zu schaffen hätte. »Aber so ist das nun mal«, seufzte er: »Wes das Herz voll ist, des läuft der Mund über.« Ich solle es ihm nur ehrlich sagen, wenn mir sein Geschwätz auf die Nerven gehe. Keine Silbe werde er mehr über die Sache verlauten lassen, die ihm so sehr auf der Seele brenne, wenn ich es wünsche.

Wenn jemand unfreundlich ist, sich mit mir streitet, vielleicht gar ausfallend wird, bin ich durchaus in der Lage, meinen eigenen Standpunkt und meine Interessen zu verfechten, ja, ich kann in einem solchen Fall sogar ausgesprochen hartnäckig, wenn nicht gar störrisch sein. Aber wenn jemand sich nachgiebig zeigt, sich bei mir entschuldigt, sich selbst der Unaufmerksamkeit und anderer Fehler bezichtigt, wenn jemand es unbestreitbar gut und ehrlich mit mir meint, dann bin ich völlig wehrlos. Das war schon immer so. Ich vergesse augenblicklich, was mir soeben noch so wichtig erschien, daß ich dafür einen Streit in Kauf genommen hätte, und habe nur noch eines im Sinn: Wie ich es anstelle, daß der andere sich keine Vorwürfe mehr macht und, vor allem, mir die Pein erspart, seine Selbstbezichtigungen weiter mitanhören zu müssen.

So ging es mir auch jetzt. Ich entschuldigte mich meinerseits wegen der Obsession, mit der ich immer wieder auf meine kleinen Verlegerprobleme gekommen sei, die, bei Licht betrachtet, wirklich nicht der Rede wert seien, ich beteuerte, daß ich das allergrößte Interesse an seiner Geschichte hätte, ja, ich glaube, ich ging sogar so weit, zu sagen, daß ich nur deswegen hierhergekommen sei, um von ihm zu hören, warum und unter welchen Umständen er seinen Beruf aufgegeben habe, was natürlich die Unwahrheit war, obwohl die Art und Weise, wie ich an diesen Ort und an seinen Tisch gelangt war, mir im nachhinein jedenfalls durchaus nicht zufällig, sondern eher als das Werk einer planvoll agierenden Instanz erscheinen will.

Während ich, um Wiedergutmachung bemüht, auf mein Gegenüber einredete, saß dieser mit leicht zur Seite geneigtem Kopf gelassen da und maß mich mit abwägenden Blicken. Erst als ich mit meinen Beteuerungen so weit gekommen war, daß ich mich nur noch hätte wiederholen können, fuhr er mit der Linken durch die Luft, als wolle er alle vielleicht noch fortwirkenden Bedenken wegwischen, nahm einen Schluck aus seinem Bierglas und sagte: »Nun, gut! Lassen wir das!« Und dann setzte er übergangslos und ohne Zögern seine Erzählung fort.

VI

Als ihm endlich klar geworden sei, sagte Kasparek, daß er einem Phantom nachjage, daß es die Mörder, denen er nachspüre, gar nicht mehr gebe, habe er seinen bis dato ersten ernsthaften Zusammenbruch gehabt. »Sechs Wochen in der Klinik, anschließend sechs Wochen zur Kur... Am Ende war ich voll und ganz wiederhergestellt.« Er habe ja eigentlich immer eine robuste Konstitution gehabt, bis auf ein paar Kleinigkeiten, die bei Männern seines Alters sozusagen dazugehörten. Das sei ihm auch in dieser Situation zugute gekommen.

Ich hörte zu, hütete mich, Bemerkungen zu machen oder Fragen zu stellen, obwohl es mich schon interessiert hätte, welcher Art dieser Zusammenbruch, von dem er sprach, gewesen war. Eine robuste Konstitution – ich ertappte mich dabei, wie ich seine flach auf dem Tisch liegenden Hände musterte, starke, sehnige Hände, auf denen die ersten braunen Altersflecken sichtbar waren. So sehr war ich offenbar in den Anblick seiner

Hände vertieft, daß ich für einen Moment nicht richtig achtgab auf das, was er sagte. Jedenfalls schreckte ich auf, weil er plötzlich die Stimme erhob und, wie mir schien, ein wenig verärgert über meine Unaufmerksamkeit, sagte: »Ich ging also wieder in den Dienst.«

»Sie gingen wieder in den Dienst...«, bestätigte ich beflissen, um ihm zu zeigen, daß ich ganz bei der Sache war.

»Ich ging also wieder in den Dienst«, wiederholte er, und, nachdem er sich mit einem schnellen Blick vergewissert hatte, daß ich konzentriert zuhörte, fügte er hinzu: »Aber ich weiß nicht, ob ich das alles noch einmal auf mich genommen hätte, wenn ich nicht eines Tages beim Spaziergang im Kurpark diese Idee gehabt hätte...«

Welche Idee? Konnte es sein, daß ich mich durch den Anblick seiner Hände so hatte ablenken lassen, daß ich etwas Wichtiges, womöglich Entscheidendes verpaßt hatte? Der Wirt kam, brachte Kasparek ein weiteres Glas Bier, er prostete mir zu, trank. »Wie gesagt«, fuhr er fort und hob tatsächlich noch einmal mit seiner Klage über den Niedergang des Verbrechens an, ohne mit einem Wort zu erläutern, was es mit dieser Idee auf sich hatte, »dieses Kleine-Leute-Verbrechen, diese sinnlose, miefige Normalität, vor allem das sogenannte organisierte Verbrechen, das alles machte mich krank. Das organisierte Verbrechen!« – er schnaubte vor Verachtung – »Den Ausdruck müssen Sie sich auf der Zunge zergehen lassen. ORGANISIERTES Verbrechen! Kriminelle Energie auf Flaschen gezogen! Böse Buben mit Pensionsberechtigung!! Nein, da war für mich eine Grenze erreicht. So nicht, sagte ich mir. Und mit mir schon gar nicht.«

Eine Weile saß er da und schwieg trotzig. Dann kam sein Kopf näher. »Das müssen Sie sich einmal klarmachen«, zischte er. »Erst nehmen sie einem den Glauben an das Gute, und dann nehmen sie einem auch noch das Böse. Wissen Sie, was ich damals zu meinem Chef gesagt habe? Ihr ganzes organisiertes Verbrechen, habe ich ihm gesagt, interessiert mich einen Dreck. Wissen Sie überhaupt, was das für Leute sind, hab ich ihm gesagt, diese sogenannten Verbrecher? Buchhalter, Krämerseelen, Biedermänner. Sitzen den ganzen Tag hinter ihrem Computer und schieben Zahlenkolonnen hin und her. Und dann machen sie drei Kniebeugen, stecken sich einen Schokoriegel ein und gehen los, um einen anderen Biedermann abzuknallen. Pfui Teufel! Wenn das das moderne Verbrechen ist, dann will *ich* jedenfalls nichts damit zu tun haben.«

Kasparek hielt inne. Er hatte sich erregt, die hektische Röte in seinem Gesicht wich nur langsam wieder dem gewohnten fahlen Gelb. Das also war's, dachte ich und bereitete mich schon innerlich darauf vor, behutsam meinen Abgang einzuleiten. Allerdings war da noch diese Idee, die ihm, wie er gesagt hatte, während der Kur gekommen war. Entweder war ich vorhin tatsächlich einen Augenblick völlig geistesabwesend gewesen, oder er würde darauf noch zu sprechen kommen …

»Zwei Tage später«, sagte Kasparek, »hatte der Chef meine Kündigung auf dem Tisch. Ich hab natürlich gesundheitliche Gründe vorgeschützt, Konzentrationsschwäche, mangelnde Durchblutung des Gehirns … Na ja, Sie wissen ja, wie das ist: Einen Arzt, der einem so was bescheinigt, findet man immer … In meinem Fall war es ein Nervenarzt. Ich mußte ihm zwar ein bißchen den Verrückten vorspielen, aber was tut man nicht alles, um so eine Bescheinigung zu erhalten …«

Plötzlich war es wieder da, das Mißtrauen, das sich, wenn ich es jetzt bedenke, während des ganzen Abends nie ganz gelegt hatte. Dieser Kasparek war also bei einem Nervenarzt in Behandlung gewesen. Vielleicht hatte er gar nicht, wie er vorgab, den Verrückten gespielt, sondern war tatsächlich in irgendeiner Weise … Ich zuckte zusammen. Kasparek hatte seine rechte Hand auf meinen Unterarm gelegt und hielt ihn fest umklammert. Als ich ihn erschrocken ansah, lenkte er meinen Blick zur Theke hinüber. »Schauen Sie! Da tut sich was«, flüsterte er.

Ich folgte seinen Augen, sah die jungen Leute, die noch immer an der Ecke der Theke beieinanderstanden, konnte aber beim besten Willen nicht erkennen, worauf sich seine Bemerkung bezog. Mit einer unwilligen Kopfbewegung schüttelte er meinen fragenden Blick ab: »Passen Sie auf! Gleich geht's los.«

Erst jetzt bemerkte ich das Schweigen, das rings herum im Lokal herrschte. Die Gruppe der jungen Leute, auch das fiel mir erst jetzt auf, hatte sich geteilt. Direkt vor der Theke standen sich zwei Burschen gegenüber, der eine klein, drahtig, den Kopf erhoben, das Kinn vorgestreckt, der andere schlaksig, den ersteren um mehr als Haupteslänge überragend, den Kopf nach vorn geneigt, so daß das Kinn fast die Brust berührte, die Augen zu schläfrigen Schlitzen verengt. Die übrigen bildeten einen Halbkreis um die beiden. Ringsum an den Tischen hatten sich die meisten Gäste erhoben, um besser sehen zu können. Niemand sprach ein Wort, niemand rührte sich.

Und dann, als hätte jemand ihnen ein Zeichen gegeben, begannen die beiden Kontrahenten, die Fäuste halb erhoben, sich mit tänzelnden Bewegungen zu umkreisen. In der gespannten Stille waren nur die schleifenden und knarrenden Geräusche zu vernehmen, die die Schuhe der beiden auf dem Dielenboden verursachten. Ich versuchte vorsichtig meinen Unterarm aus Kaspareks Griff zu lösen, aber der hielt ihn so fest umklammert, daß ich ihn nicht, ohne Aufsehen zu erregen, hätte befreien können.

Plötzlich entlud sich die Spannung. Mit einem heiseren Schrei stürzte sich der Kleinere der beiden auf sein Gegenüber, stieß ihm das Knie zwischen die Beine, packte ihn bei den Haaren und versuchte ihn zu Boden zu zerren. Für einen Moment sah es so aus, als würde es ihm gelingen, zumal der überraschende Kniestoß offenbar eine langanhaltende schmerzhafte Wirkung hatte. Dann aber richtete sich der Größere der beiden zu voller Höhe auf, schüttelte mit einer fast mühelos wirkenden Bewegung seinen Gegner ab, packte ihn mit der Linken an der Hemdbrust und holte mit der Rechten zu einem Schlag aus, der, noch bevor er ausgeführt wurde, bei den Zuschauern ringsum schrille Schreie des Entsetzens, vielleicht auch der lustvollen Erregung auslöste.

In diesem Augenblick sah ich, wie der Wirt sich weit nach vorn über die Theke beugte. In der Rechten hielt er ein massives Stuhlbein, das er mit einer routinierten, zugleich behenden und kraftvollen Bewegung zuerst auf den Kopf des Großen, dann auf den des Kleinen niedergehen ließ. Er tat es fast geschäftsmäßig, nur die sichelförmige Narbe auf seinem kahlen Kopf leuchtete in dunklerem Rot, was vielleicht auf eine innere Erregung schließen ließ.

Nacheinander sackten die beiden Streithähne zu Boden, hockten eine Weile benommen da und begannen dann ihre malträtierten Schädel zu betasten. Es war vorbei, der Ausgang offenbar so und nicht anders erwartet worden. Wer aufgestanden war, setzte sich wieder hin, Kasparek ließ meinen Arm los, der Wirt verstaute das Stuhlbein unter der Theke und wandte sich wieder dem Zapfhahn zu. Schließlich erhoben sich auch die beiden Kontrahenten und griffen, als wäre nichts geschehen, nach ihren Biergläsern, die einträchtig nebeneinander auf der Theke standen.

Während ich verstohlen meinen Unterarm massierte, sagte Kasparek: »Lauter nette und harmlose Leute im Grunde. Trotzdem, wenn der Wirt sie gewähren ließe …« Er ließ offen, was zu befürchten gewesen wäre, wenn der Wirt nicht mit dem Stuhlbein eingegriffen hätte. Ich aber stand noch so sehr unter dem Eindruck des soeben erlebten jähen Ausbruchs der Gewalt, daß ich gedankenlos ein weiteres Stück von meinem Schnitzel und einige Bratkartoffeln auf meine Gabel spießte und zu Munde führte. Erst als ich eine Weile auf dem zähen Fleisch herumgekaut hatte, wurde mir klar, was ich mir angetan hatte. Aber da Kasparek mir dabei interessiert zusah, blieb mir gar nichts anderes übrig, als das Ganze mehr oder weniger unzerkaut mit mehreren Schlucken Wein hinunterzuspülen.

»Diese Idee…«, sagte ich, als ich endlich den letzten Rest glücklich hinuntergewürgt hatte, und Kasparek immer noch dasaß und mich interessiert betrachtete. »Sagten Sie nicht vorhin, Sie hätten während Ihrer Kur eine Idee gehabt?«

Ganz wohl war mir bei meiner Frage nicht, weil ich damit womöglich zu erkennen gab, daß ich vorhin, als ich in der Betrachtung seiner Hände versunken gewesen war, ihm einen Augenblick lang nicht richtig zugehört hatte, und dies, obwohl ich kurz zuvor noch beteuert hatte, mich brennend für seine Geschichte zu interessieren.

Aber zu meiner Erleichterung reagierte Kasparek keineswegs pikiert. Geradezu enthusiastisch rief er aus: »Sie passen ja auf wie ein Schießhund! Ihnen entgeht wohl nichts, wie? Ihr Metier, nehme ich an: Immer auf der Suche nach Stoffen. Na, dann hören Sie mal zu. Vielleicht ist das ja etwas für Sie.« Er faltete die Hände, senkte einen Moment lang wie zur Andacht seinen Kopf und sagte…

VII

»Als ich damals in ziemlich bedrückter Stimmung im Kurpark spazierenging«, begann Kasparek, »da kam mir die Idee... Warum, sagte ich mir, soll ich mir von ein paar Einfaltspinseln vorschreiben lassen, welche Fälle ich zu bearbeiten habe?« Also sei er, kaum aus der Kur zurückgekehrt, dazu übergegangen, sich seine Fälle selbst zu erfinden. Zum Beispiel: In der Bibliothek des Philosophischen Seminars wird eine Leiche gefunden, eine junge Frau, Mitte zwanzig, grausam verstümmelt. Erst nach langwierigen Untersuchungen stellt sich heraus, daß es sich um die Tochter des Dekans der Philosophischen Fakultät handelt. Nun aber die besondere Komplikation des Falles: Die Tochter des Dekans hatte zur Tatzeit ein Graduiertenstipendium in den USA, und der Dekan selbst gab zu Protokoll, daß er noch am Abend vor dem Mord, gegen einundzwanzig Uhr, mit seiner Tochter in Kirksville, Missouri, telefoniert habe. Bei dieser Gelegenheit habe sie mit keinem Wort erwähnt, daß sie nach Europa zu reisen gedenke. Vertrackt, nicht wahr?«

Kasparek sah mich Zustimmung heischend an, und ich, begierig, den Fortgang der Geschichte zu erfahren, nickte heftig: Vertrackt, in der Tat. Ich war gespannt, wie er die Sache auflösen würde.

»Ich habe mich«, fuhr Kasparek fort, »sogleich an die Arbeit gemacht.« Weil seine Mitarbeiter sich geweigert hätten, ihm zur Hand zu gehen, habe er allerdings alle Protokolle selbst anfertigen müssen, auch den Autopsiebericht, den Bericht der Spurensicherung und des Amts für Materialprüfung. Eine Heidenarbeit sei das gewesen. Aber er habe sich nicht beirren lassen. Wenn man so eine Arbeit übernehme, das jedenfalls sei seine altmodische Auffassung, dann müsse man sie auch richtig machen.

Wie ein erfahrener Autor hatte Kasparek darauf geachtet, nichts im Ungefähren zu belassen. In einem guten Kriminalroman muß nun einmal jedes Detail stimmen. Mir gefiel, wie er zu Werke gegangen war, auch wenn er wohl recht damit hatte, daß manchem Jüngeren heute so viel Akribie als altmodisch erscheinen würde. Als ich ihm dies sagte, lächelte er bescheiden und doch ein wenig geschmeichelt und gab mir das Kompliment zurück: Bei mir merke man eben sofort, daß ich etwas von der Sache verstünde. Ich könne mir wohl denken, daß er hier – er deutete mit einer Kopfbewegung zu den anderen Tischen hinüber – mit niemandem über solche Dinge reden könne. Um so froher sei er, daß ich heute abend den Weg hierher gefunden hätte.

Wir hoben unsere Gläser, tranken uns zu, und diesmal war ich es, der den Wirt herbeiwinkte, um für meinen Gesprächspartner ein weiteres Pils und für mich ein weiteres Glas Wein zu bestellen. »Der Mörder«, sagte Kasparek, als der Wirt wieder gegangen war – und er ließ keinen Zweifel aufkommen, daß der Begriff in diesem Fall zutreffend war –, »der Mörder mußte, so viel war mir klar, innerhalb der Philosophischen Fakultät zu suchen sein. Da war außer dem Dekan selbst einmal der Oberassistent Wölk, Nietzscheaner, ein finsterer, undurchsichtiger Mensch, der es mit seinen dreiundvierzig Jahren immer noch nicht zum Professor gebracht hatte, dann ein jüngerer Kollege, ein Thomist, der ursprünglich Priester hatte werden wollen, aber kurz vor der Ordination abgesprungen war. Schwierigkeiten mit dem Zölibat, Sie verstehen... Schließlich noch ein in Ehren ergrauter Emeritus, der einmal in der Woche ein Oberseminar für eine kleine Schar seiner Schüler abhielt... Aber was heißt das heute schon: in

Ehren ergraut? Kurz, ich ordnete die Observierung aller Mitglieder der Philosophischen Fakultät an.«

Natürlich habe er wegen der anhaltenden Obstruktion durch seine Kollegen nun auch noch die Observationsberichte alle selbst verfassen müssen. Akribisch, bis in alle Einzelheiten. Aber, wie gesagt, wenn man sich auf eine solche Sache einlasse ...

»Natürlich«, sagte ich, »auch wenn man letzten Endes nur ein Zehntel oder vielleicht gar nur ein Hundertstel von all dem verwendet, als Hintergrundmaterial ist es von unschätzbarem Wert. Ich wollte, alle meine Autoren gingen so systematisch zu Werke, dann gäbe es nicht immer mal wieder den peinlichen Fall, daß man eine Unstimmigkeit in der Handlung oder eine Lücke in der Beweisführung entdeckt, wenn das Buch schon gedruckt und nichts mehr zu machen ist.«

»Jaja«, antwortete Kasparek, »es gibt Schlamper, und es gibt die anderen. Das ist überall so.«

Er habe, hörte ich Kasparek sagen, damals Tag und Nacht an dieser Sache gearbeitet, sich gar ein Feldbett in seinem Büro aufstellen lassen, auf welchem er, wenn ihn die Müdigkeit übermannt habe, ein paar Stunden habe schlafen können.

»Und in dieser ganzen Zeit keinerlei Unterstützung, weder von den Kollegen noch von meinen Vorgesetzten.« Kaparek seufzte. »Im Gegenteil, alle warfen sie mir nur Knüppel zwischen die Beine. Ob ich ihnen bitteschön die Leiche präsentieren könne, so mein Chef mit jener hinterhältigen Freundlichkeit, die er mir gegenüber besonders dann an den Tag legte, wenn er mir eins auswischen wollte. Nun ja, in diesem Fall hatte er nicht ganz unrecht. Mit seiner Frage hatte er, das war nicht zu leugnen, einen schwachen Punkt bei mir erwischt: Kein Mord ohne Leiche. Diesem Argument meiner Gegner konnte ich mich auf Dauer nicht verschließen. Mir wurde allmählich klar, daß ich auch noch die Arbeit der anderen Seite machen mußte...«

An dieser Stelle muß ich Kasparek ziemlich ratlos, vielleicht gar konsterniert angesehen haben, denn er polterte auf einmal los: »Was starren Sie mich denn so an? Was hätte ich denn Ihrer Meinung nach tun sollen?« Und als mir darauf keine Antwort einfiel, fügte er hinzu: »Ich bin nun mal kein Verleger, dem es egal sein kann, ob es tatsächlich eine Leiche gibt, ob die Verbrechen in den Büchern, die er herausbringt, erfunden sind oder tatsächlich begangen wurden. Ihnen geht es nur um die spannende Geschichte. Aber ich bin Kriminalist! Ich kann nur tätig werden, wenn es eine Leiche gibt, eine richtige Leiche...«

Ein Freund meines Vaters, ein alter Fuchs im Verlagsgeschäft, gab mir einmal den Tip, immer wenn ich in Verhandlungen nicht mehr weiterwisse, unter irgendeinem Vorwand den Raum zu verlassen und erst einmal in Ruhe nachzudenken. Daran erinnerte ich mich in diesem Augenblick, obwohl der Rat genaugenommen nicht auf meine gegenwärtige Situation gemünzt war. Da ich ohnehin einen ziemlich heftigen Harndrang verspürte, murmelte ich also eine Entschuldigung und erhob mich, um die Toilette aufzusuchen. Aber, was der Freund meines Vaters trotz seiner langjährigen Erfahrung nicht vorausgesehen hatte: Kasparek stand ebenfalls auf, nahm im Stehen noch einen Schluck aus seinem Bierglas und sagte: »Eine gute Idee. Warten Sie! Ich komme mit.«
Kasparek ging mir voran zu einer hinter der Gardarobe verborgenen Tür, auf der ein Pfeil die Richtung zur Toilette wies, ich folgte ihm schweigend. Am Ende eines kahlen Flurs eine Tür mit einem fleckigen Emailleschild: Herren. Gleich darauf standen wir in einem nach Desinfektionsmittel und Urin stinkenden Pissoir nebeneinander vor der gekachelten Wand, er unter mehrmaligem Ächzen, aber ohne Mühe seinen kräftigen Bierstrahl aus sich entlassend, während ich, einer Harnverhaltung nahe, nur mühsam einige Tropfen hervor-

preßte. Wir schwiegen. Ich sah Kasspareks leicht schäumenden Urin die grünen Duftsteine in der Rinne umfließen und nach links im Abflußloch verschwinden, erschrak über die Ungeniertheit, mit der er einen kräftigen Furz ließ, und hörte dann, wie er sich unter dem Wasserhahn die Hände wusch.

Noch immer hoffte ich, daß er vor mir das Pissoir verlassen und mir die Einsamkeit gewähren würde, die ich brauchte, um in Ruhe meine Blase zu entleeren und mir vielleicht ein wenig Klarheit über meine Lage zu verschaffen. Aber Kasparek ging nicht. Auch als er die Hände bereits an der Handtuchrolle abgetrocknet hatte, blieb er wartend an der Tür stehen, so daß mir nichts anderes übrigblieb, als nach einigen weiteren kaum erfolgreicheren Versuchen, mich zu entleeren, meine Hose zuzuknöpfen, mir die Hände zu waschen und abzutrocknen.

»Haben Sie das öfter?« fragte Kasparek.

»Was?«

»Daß Sie nicht pinkeln können.«

Für einen kurzen Moment trafen sich unsere Blicke im Spiegel.

»Nein, nein.« Ich wiegelte ab. »Es war wohl doch noch nicht so dringend, wie ich dachte.«

Ich sah im Spiegel, wie Kasparek bekümmert mit dem

Kopf wackelte. »Aber Harndrang«, murmelte er fast wie zu sich selbst und fügte dann laut hinzu: »Vielleicht sollten Sie doch lieber Bier trinken statt Wein.«

Ich entgegnete nichts. Aber als wir uns am Tisch wieder gegenübersaßen, hob ich mein frisch gefülltes Glas, blickte ihn fest, fast ein wenig herausfordernd an und leerte es in einem Zug. »Herr Wirt!« rief ich. »Noch einen Wein bitte!« Kasparek, das war unverkennbar, zeigte Wirkung. Ich hatte, wenn auch auf einem eher nebensächlichen Terrain, einen Sieg errungen. Dieser kleine Triumph und die Wirkung des Weins mochten der Grund dafür sein, daß ich schließlich alle ängstlichen Vorbehalte abzuschütteln vermochte, so daß nur noch eine von allen moralischen Bedenken befreite Neugier übrigblieb.

Neugier und so etwas wie eine vorweggenommene Schadenfreude. Denn, da war ich mir nach allem, was Kasparek bisher erzählt hatte, ziemlich sicher: Mein Gesprächspartner hatte sich in eine höchst mißliche Lage hineinmanövriert, aus der er so leicht nicht würde entkommen können. Und wenn doch, dann jedenfalls nicht ohne Beschädigung.

Fast ein wenig aufgekratzt drängte ich ihn, seine Geschichte zu Ende zu erzählen. »Nun ja« – Kasparek zögerte, den Faden wieder aufzunehmen – »den Rest können Sie sich ja wohl denken.« Nein, konnte ich nicht. Ich schüttelte heftig den Kopf. Ich war nicht bereit, ihm die detaillierte Schilderung seiner Verlegenheiten und seines letztendlichen Scheiterns zu ersparen. »Keine Ahnung«, sagte ich. »Erzählen Sie! Ich bin gespannt, wie es weitergeht.«

Ich hatte den Eindruck, daß er es lieber mit dem Gesagten hätte bewenden lassen. Jedenfalls zierte er sich noch eine Weile, bis er schließlich nach mehrmaligem Räuspern und einigen »Nun ja« und »Wie gesagt«, dann aber überraschend zielstrebig, mit seinem Bericht fortfuhr. »Ich habe mir also«, sagte Kasparek, »ein passendes Opfer ausgesucht, eine junge Frau, Mitte zwanzig, hübsch. Unsereiner weiß natürlich, wie man so etwas am besten anstellt, damit man nicht erwischt werden kann. Man hat so seine Erfahrung, worauf die bei der Spurensicherung achten und worauf nicht. Na ja, und ein Alibi hatte ich mir natürlich auch besorgt, für den Fall des Falles ...«

»Das Sie dann aber gar nicht brauchten ...«

»Ganz recht. Gemessen am aktuellen Stand der Kriminalistik war es ein perfektes Verbrechen.«

Dieser Kasparek, soviel stand fest, war entweder ein makabrer Spaßvogel, oder er war tatsächlich verrückt. Dennoch ärgerte mich die Überheblichkeit, mit der er sich selbst Vollkommenheit bescheinigte. Vielleicht sagte ich deshalb: »Und wenn ich Sie nun anzeige? Wenn ich jetzt zur Polizei gehe und dort zu Protokoll gebe, was Sie mir soeben erzählt haben?«

»Sie?« Er kicherte in sich hinein. Sein ganzer Körper bebte vor unterdrücktem Lachen. »Sie? In dem Augenblick, als Sie hier hereinkamen, wußte ich, daß ich Ihnen alles erzählen kann. Sie werden schweigen, jedenfalls gegenüber der Polizei.«

»Und warum sind Sie da so sicher?« fragte ich.

»Weil Sie der Faszination des Bösen ebenso erlegen sind wie ich. Mir können Sie nichts vormachen. Wir sind vom selben Stamm.«

Ein merkwürdiger Ausdruck: vom selben Stamm. Aber genau so sagte er es. Als hätte er es in mir mit einem Wilden zu tun, als wären wir im selben Urwalddorf aufgewachsen. Wie gesagt, erst hinterher ist mir klar geworden, daß er von Anfang an darauf aus war, eine besonders enge Verbindung, eine Art Stammes- oder Seelenverwandtschaft zwischen uns zu konstruieren. Es hätte mich mißtrauisch machen müssen, ich hätte merken müssen, daß er mich in etwas hineinzuziehen versuchte, mit dem ich nichts zu schaffen hatte, mit dem ich auch nichts zu schaffen haben wollte.

Wenn ich nüchtern gewesen wäre, hätte ich dieses frivole Spiel sicher nicht mitgemacht, weil mir so etwas im Grunde völlig fremd ist, weil es meinem innersten Wesen widerspricht. Aber zu diesem Zeitpunkt hatte ich schon eine Menge von dem scheußlichen Rotwein getrunken, ich war nicht mehr nüchtern, jedenfalls nicht nüchtern und wachsam genug, um die Gefahr zu erkennen. Und außerdem: Selbst wenn ich nüchtern gewesen wäre, wie hätte ich ahnen sollen, worauf er hinauswollte, wohin das alles führen würde?

Jetzt, da jener Abend in so weite Ferne gerückt ist, fällt es mir schwer, zu verstehen, daß ich mir all das anhörte, ohne ernsthaft aufzubegehren, daß ich am Ende sogar, zugegebenermaßen in angetrunkenem Zustand, mit Kasparek und dieser jungen Frau… Aber vielleicht bilde ich mir das auch nur ein, vielleicht bin ich doch im Taxi direkt zu meinem Hotel gefahren, und alles andere ist nur eine Ausgeburt meiner Phantasie. Woher sollen wir so genau wissen, wo die Geschichten enden und das Leben beginnt, wo aus dem Erzählten oder in Bildern Vorgeführten Ernst wird, blutiger Ernst?
Ich räume ein, daß mich der Alkohol leichtsinnig machte. Möglich auch, daß mir die moralische Seite der Angelegenheit an diesem Abend einfach entging, daß ich, was Kasparek mir erzählte, aufnahm, wie man einen

Kriminalroman liest: je schrecklicher das Geschehen, um so wohliger die Schauer der Leselust. Wenn ich mich recht erinnere, interessierte mich vor allem, *wie* Kasparek es angestellt hatte, die technische Seite sozusagen, und dann natürlich, was er dabei empfunden, wie er sich dabei gefühlt hatte.

»Diese junge Frau...«, fragte ich, »ich meine... wie haben Sie es gemacht?«

»Mit einem Messer«, antwortete er.

»Mit einem Messer?«

Wahrscheinlich war ich ziemlich entgeistert, wie sachlich und emotionslos er das sagte. Jedenfalls wäre es natürlich gewesen, wenn ich so reagiert hätte. Allerdings glaube ich mich jetzt zu erinnern, daß ich weniger erschrocken als amüsiert reagierte, daß ich sogar belustigt kicherte, während ich die Frage stellte: »Mit einem Messer?«

Er hingegen kicherte nicht. »Erschießen«, sagte er, »wäre mir zu unpersönlich gewesen.«

»Und die Tat selbst, das Töten war für Sie kein Problem?«

»Nein, überhaupt nicht. Wenn es Probleme gab, dann fingen sie erst hinterher an...«

VIII

Also doch! Ich erinnere mich genau, wie enttäuscht ich war, weil ich seine Worte nicht anders verstehen konnte, als daß er nach der Tat ein ganz ordinäres schlechtes Gewissen bekommen hatte. Man stelle sich Alec Guinness als Ladykiller vor, der von Gewissensbissen gemartert der Heilsarmee beitritt und an einer zugigen Ecke des Piccadilly Circus fromme Lieder zur Klampfe singt! So ähnlich erschien mir Kasparek in diesem Augenblick. Sein ganzer Charme und der morbide Reiz seiner Geschichte waren mit einem Mal dahin. »Verschonen Sie mich bitte mit der Schilderung Ihrer Gewissenspein!« sagte ich kühl. »Nichts verdirbt eine gute Kriminalgeschichte gründlicher als Reue und Umkehr.«

»Reue?... Umkehr?... Gewissenspein?« Kasparek maß mich mit einem Blick, in dem sich Zorn und Verachtung mischten. »Wofür halten Sie mich? Glauben Sie im Ernst, daß ich ein solcher Spießer bin? Etwas mehr

Menschenkenntnis hätte ich Ihnen nun aber doch zugetraut.«

Er rückte seinen Stuhl ein wenig vom Tisch ab, schlug die Beine übereinander und sah eine ganze Weile beleidigt an mir vorbei ins Leere. Als ich schon glaubte, daß er gleich den Wirt herbeiwinken und unser Gespräch beenden werde, wandte er sich mir abrupt wieder zu.

»Nein, mein Lieber, was mich bedrückte« – er senkte die Stimme – »was mich bedrückte, als ich auf die Leiche dieser jungen Frau hinuntersah, war nicht ein schlechtes Gewissen. Es war etwas ganz anderes.«

Ich mit meinem vorzüglichen Gedächtnis, sagte er, könne doch unmöglich vergessen haben, worum es ihm von Anfang an einzig und allein gegangen sei: um das Böse nämlich, das abgrundtief Böse. Als er nun aber nach getaner Tat vor der Leiche dieser jungen Frau gestanden habe, da habe er nichts als eine große Leere empfunden. Mit einem Schlag sei ihm klar geworden, daß er auch jetzt nicht gefunden habe, wonach er sein Leben lang gesucht habe: die Dämonie des Bösen, die Faszination der verruchten Tat.

»Erst jetzt«, rief Kasparek aus, »erst nach dieser schmerzlichsten aller Niederlagen hatte ich den Mut, den endgültigen Bruch zu vollziehen. Ich ging also zu meinem

Chef, wir hatten noch einmal eine ernste Unterredung, in deren Verlauf ich ihm sehr deutlich meine Meinung über das organisierte Verbrechen ... Aber das wissen Sie ja schon ...«

Nachdenkliche Stille. Kasparek hob sein Glas: »Prost! Auf Ihr Wohl!« Es klang heiter und aufgeräumt, aber ich bemerkte, daß er nicht wie sonst mit Behagen trank, sondern eher lustlos an seinem Bier nippte. Nun ja, vermutlich setzte ihm die Erinnerung doch mehr zu, als es zunächst den Anschein hatte. Auch wenn er sich das alles nur ausgedacht hatte, es war und blieb eine Niederlage, die schmerzhafte Erkenntnis, mit welcher realen Erfahrung auch immer unterfüttert, daß nach all unseren Mühen am Ende nicht Erfüllung, sondern Scheitern uns erwartet.

Ich stellte mein Glas auf den Tisch zurück. Es war Zeit, ein Resümee zu ziehen. Vor mir – soviel schien klar zu sein – saß ein gescheiterter Mensch, einer, der sich mit aller Macht gegen dieses Scheitern aufgelehnt hatte und sich am Ende doch eingestehen mußte, daß sein Lebenstraum endgültig zerbrochen war. Endgültig? Wenn ich es genauer bedachte, dann sah dieser Kasparek eigentlich nicht wie ein gebrochener Mann aus. Ein bißchen wehmütig, ja, aber wer ist das nicht, wenn er in die Jahre kommt? Nein, gebrochen war er nicht, dafür funkelten seine Augen viel zu streitlustig, hatte er es allzu offensichtlich genossen, mir seine Niederlage in aller Ausführlichkeit zu schildern.

Was für ein Mensch war er also? Ich hatte mir die Frage an diesem Abend schon mehrmals gestellt, aber immer, wenn ich glaubte, der Antwort nahe zu sein, hatte ich irgendwie den Faden verloren. Und doch gibt es sie, die Momente plötzlicher Klarheit, und zumeist stellen sie sich dann ein, wenn man am wenigsten damit rechnet. Mit einem Mal lüftet sich der Schleier und man erblickt das wahre Wesen eines Menschen. Oder es kommt einem so vor. Jedenfalls ist es, wenn einem etwas dergleichen widerfährt, schwer, wenn nicht gar unmöglich, von der überraschenden Evidenz nicht überwältigt zu werden.

Wie eben jetzt, da Kasparek und ich uns schweigend gegenübersaßen und ich plötzlich ganz genau wußte oder zu wissen glaubte, wen ich da vor mir hatte: einen romantischen Träumer, einen, der sich hartnäckig weigerte, der gemeinen Realität das letzte Wort zu überlassen, der sich in seinem Kopf eine Gegenwelt geschaffen hatte, die er mit Zähnen und Klauen gegen die Allerweltsrealisten verteidigte, eine phantastische Welt, die von Getriebenen und Besessenen, von kaltblütigen

Schurken und Monstern in Menschengestalt, von Tätern und Opfern bevölkert war.
Vielleicht hatte er recht, vielleicht waren wir tatsächlich, wie er sich ausdrückte, vom selben Stamm: Fremdlinge, Träumer, nur aus Versehen in diese Welt geraten, ohne Heimatrecht darin, aber auch ohne Verpflichtung gegenüber ihren Gesetzen, auf der Suche nach der blauen Blume des Bösen. So berauschend war dieser Gedanke, so erschreckend und tröstlich zugleich, daß er sich unwiderstehlich in mir ausbreitete und mein ganzes bisheriges Leben in melancholischem Glanz erscheinen ließ. Mein verzweifelter Kampf gegen den langsamen Niedergang des Verlags, den ich nach dem frühen Tod meines Vaters übernommen hatte, die Trennung von meiner Frau, die eines Tages mit den beiden Kindern ausgezogen war, weil sie, wie sie sagte, nicht mitansehen wollte, wie ihre Kinder – sie sprach immer nur von *ihren* Kindern – von der »negativen Einstellung« ihres Vaters angesteckt würden, die Phasen lähmender Melancholie, die abrupten Ausbrüche hemmungsloser Lebensgier, der schwelende Haß, die nächtlichen Rachegedanken, all das Düstere, Schwankende, Eruptive, auf einmal bildete es einen Zusammenhang, gewann Statur, hatte einen Grund und einen Sinn.

»Alles, nur kein fader Realismus«, murmelte ich. »Erst jetzt wird mir klar, wie recht Sie damit haben. Dieser Ort, dieses Lokal …«

»… liegt auf einem anderen Stern«, sagte Kasparek, »wo andere Gesetze gelten als in der Spießerwelt.«

»Gesetze«, hörte ich mich flüstern, »für die Verdammten und für die Auserkorenen.«

Und er daraufhin mit einer Stimme, als spräche er zu mir vom Berge Sinai herab: »Gesetze für Menschen wie Sie und ich.«

Ich schreckte hoch. Fast wäre mein Kopf auf der Tischplatte aufgeschlagen. Mit der Linken stützte ich mich an der Tischkante ab, während ich mir mit der Rechten die schweren Lider massierte.

»Aber, aber!« Kasparek schwenkte seinen Zeigefinger vor meiner Nase. »Sie werden mir doch nicht einschlafen, bevor ich mit meiner Geschichte zu Ende bin.«

»Entschuldigen Sie …«, stammelte ich. »Das passiert mir in letzter Zeit gelegentlich. Es hat nichts zu bedeuten, am allerwenigsten, daß Sie mich langweilen. Es überkommt mich ganz plötzlich, aber es ist ebenso plötzlich wieder vorbei … Ich bitte Sie, fahren Sie fort. Ich bin ganz Ohr.«

»Nun«, sagte Kasparek nach kurzem Überlegen, »viel ist da nicht mehr zu erzählen. Vor Ihnen sitzt … ein Pensionär. Bei bester Gesundheit, wie Sie sehen, abgesehen von den kleinen Beschwernissen, die das Älterwerden so mit sich bringt. Ich habe mein Auskommen, meine Frau hat sich damit abgefunden, daß ich jetzt fast den ganzen Tag zu Hause bin und nur abends für ein paar Stündchen mein Stammlokal aufsuche. Das Pils schmeckt mir ... Eigentlich könnte ich zufrieden sein.«

Eigentlich, Bruder Kasparek?

Natürlich sagte ich das nicht, ich dachte es nur. Wer weiß schon, dachte ich, welche Seite von uns, welche Seite des Lebens, die eigentliche ist? Wir sind hier und dort, so und auch so, und wenn sie uns packen wollen, dann gleiten wir ihnen durch die Finger wie Sand ... oder wie die Asche von Toten. Und er, als hätte ich ausgesprochen, was mir im Kopf herumging: »Na ja, was heißt das schon, ›eigentlich‹? Meine Frau sagt das immer: Eigentlich könntest du doch zufrieden sein. Aber, um die Wahrheit zu sagen: Ich bin es nicht. Irgend etwas fehlt mir in meinem Leben. Wenn ich in mich hineinhorche, ist da eine merkwürdige Unruhe. Sie kennen das sicher. Eine Gespanntheit, ein Sehnen ... eine Art nagender Gewißheit, daß da noch etwas kommen muß ...«

Und dann, während ich noch darüber nachdachte, wie sehr, was er sagte, auch für mich und für mein mißratenes Leben galt, daß auch ich mich in letzter Zeit immer häufiger bei dem Gedanken ertappte, daß es so nicht weitergehen, daß sich noch einmal etwas ganz anderes, etwas Großes, Mitreißendes ereignen müsse, da fügte er mit gedämpfter Stimme hinzu: »Sehen Sie dort drüben die junge Frau? Wie alt wird sie sein? Mitte zwanzig?«

Ich wandte mich um. An dem kleinen Tisch, an dem soeben noch der einsame Trinker gesessen hatte, saß jetzt tatsächlich eine junge Frau, die allerdings mit ihren ernsten, madonnenhaften Gesichtszügen und der gepflegten Nonchalance ihrer Kleidung so gar nicht in dieses Lokal paßte. Ich hatte nicht bemerkt, wie sie eingetreten war, hatte überhaupt, wie mir nun bewußt wurde, die Veränderungen, die in meiner nächsten Umgebung vor sich gegangen waren, offenbar seit einiger Zeit nicht mehr wahrgenommen.

Wo waren all die Menschen geblieben, die soeben noch hier gewesen waren? Ich blickte mich um, sah aber nur noch ein älteres Ehepaar an einem der hinteren Tische und einen jungen Kerl in einer schwarzen Lederjacke, der, mit dem Rücken an die Theke gelehnt, nervös an seiner Zigarette zog.

Und die junge Frau natürlich, die mich in diesem Moment aus brunnentiefen Augen anblickte, als hätten

sich unsere Wege vor vielen tausend Jahren getrennt, um uns ausgerechnet hier wieder zusammenzuführen. Eine Opferfrau! schoß es mir durch den Kopf. Wie sie da saß in ihrer herausfordernden Wehrlosigkeit, mit jeder Faser ihres jugendlichen Körpers vorauseilend Unterwerfung signalisierend!
Wäre mir der Wein nicht zu Kopf gestiegen, ich hätte einen solchen Gedanken niemals zugelassen. Jetzt aber nahm ich unwillkürlich eine Macho-Pose ein, derer ich mich unter anderen Umständen wohl geschämt hätte und die mir, wenn ich jetzt daran denke, immer noch ein bißchen peinlich ist. Ich rückte meinen Stuhl ein wenig zur Seite, so daß ich mich bequemer zu ihr umwenden konnte, saß mit gespreizten Beinen da, den Oberkörper weit zurückgelehnt, und ließ meinen Blick an meinem Opfer – der Ausdruck ist natürlich metaphorisch gemeint – auf- und niedergleiten. Wenn ich mich recht erinnere, ging ich sogar so weit, mich dabei mit ostentativer Schamlosigkeit zwischen den Beinen zu kratzen.

Währenddessen hörte ich Kasparek sprechen. Seine Stimme war leise, leise und eindringlich, so als fürchtete er, sie könne hören, was er sagte. »Jedesmal wenn ich so eine hübsche Person sehe«, flüsterte er mir ins Ohr, »denke ich: Vielleicht solltest du es doch noch einmal versuchen, vielleicht hast du es damals nur falsch angestellt, vielleicht warst du allzu sehr darauf bedacht, alles richtig zu machen. Verstehen Sie?« Er ergriff meine Hand, zwang mich, für einen Moment den Blick von der jungen Frau ab- und ihm zuzuwenden. »Das Motiv! Ich hatte damals ja im Grunde gar kein richtiges Motiv.«

»Was für ein Motiv?«

»Ein Tatmotiv: Habgier, Eifersucht, Rachegelüste, die Auflehnung gegen Gott! ... Das dunkle Feuer, dem die wahrhaft böse Tat entspringt... Im Grunde ging es mir damals ja gar nicht um die Tat. Ich brauchte nur eine Leiche, weil man mir sonst den Mord nicht geglaubt hätte. Verstehen Sie? Es war mehr eine Frage der Vollständigkeit, die Sache sollte ihre Ordnung haben. Mehr nicht... Manchmal denke ich, wenn ich mich damals ganz einfach meinen dunklen Trieben überlassen hätte, daß dann vielleicht alles ganz anders gekommen wäre, daß ich dann gefunden hätte, was ich suchte...«

Jedes Wort, jede Silbe dessen, was Kasparek in diesem Augenblick sagte, ist mir gegenwärtig. Als habe er sich in meinem Kopf eingenistet, so höre ich ihn sprechen, sobald ich die Augen schließe und nach innen horche: »... Habgier, Eifersucht, Rachegelüste, die Auflehnung gegen Gott! ... wenn ich mich damals ganz meinen dunklen Trieben überlassen hätte...«

Aber verstehe ich auch, was er sagt? Ich höre seine Stimme und sehe zugleich, wie sie dort drüben an dem Tischchen neben der Tür unter meinem anmaßenden Blick die Augen niederschlägt, wie sie aufsteht, ihre Handtasche ergreift und an mir vorbei zur Toilette geht. Sich einfach treiben lassen oder besser noch: sich hineinstürzen in die Flut, einmal nicht abwägen, das Ende bedenken, einmal den nörgelnden Einreden des Gewissens die Stirn bieten – ist es das, was er meint?

Ein Windhauch weht vom Meer herüber und erstirbt. Der Generator auf der Anhöhe über dem Hotel schweigt abrupt. Ich sitze in der beginnenden Dämmerung auf der Veranda und fühle mich dem Ersticken nah, so still ist es, so herzbrechend still. Meine Nachbarn sind mit dem Auto weggefahren. Vielleicht, um in der Stadt einzukaufen, vielleicht aber auch, um mit der Polizei in Deutschland zu telefonieren: »Wir haben ihn erkannt. Er wohnt in einem der Bungalows am Strand. Gleich nebenan.« Und wenn ich nach Deutschland zurückkehre, nehmen sie mich auf dem Flughafen in Frankfurt in Empfang.
»Ihren Paß bitte! Wo waren Sie am soundsovielten um soundsoviel Uhr?«
Wie soll ich ihnen glaubhaft machen, daß ich unschul-

dig bin? Sie werden mir meine Geschichte nicht glauben.

Es ist still, bedrohlich still. Nicht einmal die Brandung ist zu hören. Gleich werden drüben im Hotel die Lichter des großen Speisesaals angehen, die ersten Gäste werden erscheinen, Gesprächsfetzen und Lachen herübertönen. Dann werden die Kellner in ihren roten Jacketts ausschwärmen, um mit knappen Verbeugungen Bestellungen entgegenzunehmen, die Gespräche werden anschwellen, das Lachen wird lauter werden, und schließlich wird die Salsakapelle auf der Terrasse zu spielen beginnen und die ersten Paare auf die Tanzfläche locken. Aber noch ist es still, vollkommen still.

Und dann geht alles ganz schnell. Der nervöse junge Mann in der Lederjacke zerdrückt seine Zigarette im Aschenbecher, geht grußlos zur Tür hinaus, die beiden Alten stehen auf, er hilft ihr in den Mantel. »Gute Nacht!« ruft der Wirt. Kasparek schaut mich erwartungsvoll an. Jetzt liegt der Schwarze Peter bei mir, von mir hängt es ab, wie es weitergeht. Ob es überhaupt weitergeht. Kasparek hat seinen Part erfüllt, die Szene ist bereitet. An mir ist es nun, den nächsten Schritt zu tun.

IX

Ich gehöre nicht zu der albernen Sorte von Männern, die, wenn sie in die Jahre kommen, sich von einem jungen Mädchen den Kopf verdrehen lassen und dabei regelmäßig den letzten Rest an Würde verspielen. Allzu oft habe ich das bei Freunden erlebt: Auf einmal tragen sie, die jahrelang in gedeckten Anzügen herumgelaufen sind, wieder Jeans und Turnschuhe, grinsen vielsagend, wenn sie auf der anderen Straßenseite eilig an einem vorübergehen, und wenn man sie anruft, ergehen sie sich in geheimnisvollen Andeutungen, weshalb sie nun doch nicht, wie verabredet, am nächsten Wochenende nach Zürich mitfahren können, daß es noch Amüsanteres gebe als eine Roy-Lichtenstein-Retrospektive, daß sie sich in nächster Zeit vielleicht überhaupt ein wenig rarer machen würden …

Dann trifft man eines Tages so einen in einem Lokal oder an der Kinokasse, an seiner Seite ein eher unauffälliges junges Ding, das, sobald man auf den Freund zugeht, um ihn zu begrüßen, sich an ihn schmiegt, ihm etwas ins Ohr lispelt und ihn zwingt, zwischen einem hastigen »Hallo!« oder »Wie geht's?« sich ihm zuzuwenden und ihm seinerseits mit einem schwachsinnigen Lächeln etwas ins Ohr zu lispeln, was, wenn man Glück hat, nicht zu verstehen ist.

Meistens ist es zu verstehen. Ich jedenfalls muß es gewöhnlich mit anhören, weil das verliebte Paar seinen Dialog, wie es scheint, einzig und allein für mich inszeniert. »Mein Bussibär«, sagt die Kleine. »Mein Herzkeks«, antwortet er, und ich stehe dabei, trete von einem Fuß auf den anderen, stammele irgend etwas Unsinniges, lächele wahrscheinlich nicht weniger schwachsinnig als mein Freund und bin froh, wenn ich mich unter einem Vorwand verabschieden oder mich im Dunkel des Kinos unauffällig verdrücken kann.

Gibt es etwas Abstoßenderes als diese infantilisierende Altmännerliebe? Jedenfalls möchte ich nicht, daß mein Verhalten an jenem Abend in D. falsch gedeutet wird. Ich gebe zwar zu, daß auch ich unter dem Einfluß des Weins Dinge tat oder erwog, die ich sonst weit von mir gewiesen hätte. Aber mit dem unwürdigen Schauspiel, das viele meiner Altersgenossen – und Kasparek bildete in dieser Hinsicht leider keine Ausnahme – in einer solchen Situation zu bieten pflegen, hatte das gewiß nichts zu tun. Es war ein Spiel, aus einer Laune heraus spielte ich eine Rolle, womöglich die, die Kasparek von mir erwartete oder die er mir in seiner suggestiven Art aufzudrängen wußte. Aber ich wahrte durchaus Distanz, versuchte nicht um jeden Preis zu gefallen, machte mich nicht zum Hampelmann.

Wenn Kasparek mich nicht auf die junge Frau aufmerksam gemacht hätte, ich wäre bestimmt nicht auf die Idee gekommen, sie an unseren Tisch zu bitten. Aber der Zusammenhang, in dem er mich auf sie hingewiesen hatte, legte den Gedanken nahe, daß sie auf die eine oder andere Weise zu seiner Geschichte gehörte. Außerdem war sie jung und attraktiv, und ich hatte für meine Verhältnisse etwas zu viel Wein getrunken.

Aber der Wein war es nicht. Ich glaube, im Grunde tat ich es nur, weil Kasparek mich so erwartungsvoll ansah, als sei ich ganz allein für den Fortgang der Geschichte verantwortlich. Ich kam einfach nicht umhin, mir Gedanken zu machen, wie man es anstellen könnte – wie *ich* es anstellen könnte –, sie in die Geschichte hineinzuziehen, die Kasparek da erzählt hatte und die – so viel war mir klar – so noch nicht enden konnte.

Ein offenes Ende, das sagt sich so hin. Als ob wir so etwas ertragen könnten! Ich jedenfalls kann es nicht, ich finde keine Ruhe, bis ich weiß, wie eine Geschichte ausgeht. Manchmal taste ich mich abends, wenn ich spät nach Hause komme und vor Müdigkeit nicht schlafen kann, durch die Fernsehprogramme und gerate in einen dieser amerikanischen Action-Filme, die ich wegen der Schlichtheit ihrer Handlung und der Einfallslosigkeit ihrer Dialoge nicht ausstehen kann. Dennoch bringe ich es einfach nicht fertig, abzuschalten, weil ich unbedingt wissen muß, wie es ausgeht. In dumpfer Schicksalsergebenheit kauere ich vor dem Fernsehgerät und schaue mir an, was ich eigentlich gar nicht sehen will, bis schließlich der Schurke, wie zu erwarten, im Staub liegt und eine blonde Schönheit dem Helden mit einem dankbaren Seufzer an die Brust sinkt.

Ich glaube, ich wollte einfach nur wissen, wie die Geschichte weiterging, die Kasparek mir da aufgetischt hatte. Ich fragte mich, ob er der Geschichte, wenn es mir gelänge, die junge Frau irgendwie in die Sache hineinzuziehen, wohl noch eine überraschende Wende zu geben vermochte oder ob sie tatsächlich so sang- und klanglos enden würde, wie es vorerst den Anschein hatte. Es war Neugier, mehr nicht, vielleicht auch die Angst, von diesem in mancher Hinsicht so außergewöhnlichen Abend könne am Ende nicht mehr bleiben als der fade Nachgeschmack vertaner Zeit. Kann man mir das zum Vorwurf machen?

Wenn ich mir etwas vorzuwerfen habe, dann allenfalls, daß ich in diesem Augenblick glaubte, die Situation vollkommen zu beherrschen, obwohl ich sonst nicht dazu neige, mich zu überschätzen. Wahrscheinlich hatte mich der Wein übermütig gemacht, und in meinem Übermut hatte ich wohl auch im Sinn, Kasparek auf die Probe zu stellen, ihn gewissermaßen beim Wort zu nehmen, um dann zu erleben, wie er sich in seinen eigenen Phantasien verhedderte. Daß ich, indem ich mich einzumischen begann, womöglich genau das tat, was er gehofft oder vorausgesehen hatte, daß ich, statt ihn in Verlegenheit zu bringen, mich ihm dadurch auslieferte, wie hätte ich das ahnen sollen?

Der Einfall, auf den ich nach einigem Nachdenken verfiel, war zugegebenermaßen nicht sehr originell, genaugenommen sogar ziemlich angestaubt. Andererseits hört man immer wieder von prominenten Frauenverführern, die mit ganz und gar hausbackenen Methoden erstaunliche Erfolge erzielen. Und außerdem: Wer weiß, ob ein originellerer Eröffnungszug sie nicht eher verschreckt hätte? Originalität ist ja durchaus nicht jedermanns Sache, insbesondere junge, noch ungefestigte Menschen – das habe ich neulich irgendwo gelesen – haben es im Grunde lieber, wenn man sich ihnen auf konventionelle Weise nähert. Und außerdem setzt man sich so selbst weniger der Gefahr aus, sich lächerlich zu machen, wie es denen allzu leicht passiert, die ihre ganze Phantasie aufbieten, um gleich zu Anfang einer Begegnung einen nachhaltigen Eindruck zu machen, und dann prompt auf die Nase fallen.

Ich winkte also den Wirt herbei und erkundigte mich bei ihm, was die junge Dame getrunken habe.

»Estelle? Wodka. Einen doppelten.«

Estelle also, und sie trank Wodka. Das waren gleich zwei Informationen, die es erst einmal zu verdauen galt. So beiläufig, wie es mir möglich war, sagte ich: »Wenn sie wiederkommt, bringen Sie ihr noch einmal dasselbe. Auf meine Rechnung. Und uns bitte noch ein Pils und einen Rotwein.«

Zwischenzeit, Schweigezeit. So weit ich mich erinnere, wechselten Kasparek und ich kein einziges Wort, solange sie verschwunden blieb. Ich hatte getan, was die Situation verlangte, die Weichen waren gestellt, jetzt hing alles davon ab, wie sie meine Geste aufnehmen würde. Nach einer Weile kam der Wirt hinter der Theke hervor, stellte wortlos Bier und Wein vor uns auf den Tisch, ich nickte und streckte schon die Hand nach dem Glas aus, da bemerkte ich den grüblerischen Zug in Kaspareks Gesicht.

Kein Zweifel, Kasparek war nervös. Sein Blick ging ins Leere, seine Fingerkuppen machten kleine Trommelwirbel auf der Tischplatte.
Estelle ließ sich Zeit. Ein paarmal unterbrach Kasparek sein Trommeln, hob den Kopf und horchte. Womöglich fürchtete er, sie könne das Lokal durch einen Hinterausgang verlassen haben. Richtig zappelig war er, und je zappeliger er wurde, desto mehr fühlte ich mich als Herr der Lage.
Endlich! Ich höre ihre Schritte sich auf dem Flur nähern. Ich rücke meinen Stuhl zurecht, Kasparek strafft sich, sein Blick streift den meinen, die Tür hinter der Garderobe wird geöffnet. Sie tritt ins Bild.
Ob sie ihren Auftritt vor dem Toilettenspiegel geprobt hatte? Jedenfalls hatte sie auffällig an Selbstsicherheit gewonnen, keine Spur mehr von Opferfrau, strahlend und siegessicher betrat sie die Bühne, ihren Madonnenkopf wie eine Trophäe auf den Schultern tragend. Konnte mein plumper Annäherungsversuch bei einer solchen Frau verfangen? Ich sah, wie Kasparek an seinem Kragen nestelte, und spürte, wie seine Nervosität nun auch auf mich übergriff.
Mit einem feinen Lächeln um den frischgeschminkten Mund schritt sie an mir vorüber und nahm wieder an ihrem Tisch Platz. Ihr Duft! Erst jetzt bemerkte ich ihn.

Derselbe Duft von Veilchen und warmer Haut, der mich da draußen in einer der dunklen Gassen so plötzlich überfallen hatte, als ich, ohne es zu wissen, auf dem Weg in dieses Lokal gewesen war!
Für einen Augenblick bin ich so verwirrt, daß ich die Augen schließen muß, um mich zu sammeln. Als ich aufsehe, bemerke ich Kaspareks Anspannung. Ich drehe mich um und sehe, wie der Wirt ein bis zum Rand gefülltes Schnapsglas vor sie hinstellt und mit dem Kopf in meine Richtung deutet.

Ich halte den Atem an. Jetzt! Sie sieht mich an, wieder dieser Blick, der aus endloser Ferne zu kommen scheint. Ein kalter Blick, kalt, hochmütig, abschätzend. Genau so sah meine Frau mich an, als ich eines Abends auf Anraten meiner Mutter – »Geh zu ihr! Sprich mit ihr! Mach den ersten Schritt!« – zu ihr gegangen war, um sie zu bitten, zu mir zurückzukehren.
»Was willst du?« Es war offensichtlich, daß sie sich von mir belästigt fühlte. Sie blieb in der geöffneten Tür stehen, gab mir keine Gelegenheit, die Wohnung zu betreten. Aus dem Hintergrund die Stimme meiner Tochter: »Mama, wo bleibst du? Du bist dran, Mama.«
»Du hörst, ich werde gebraucht. Also? Was willst du?« Sie legte es darauf an, mich zu erniedrigen. Eine

Mischung aus Scham und ohnmächtiger Wut preßte mir die Kehle zu. Nur mit äußerster Anstrengung brachte ich schließlich hervor: »Den Wohnungsschlüssel. Du hast ihn immer noch.«

»Brauchst du ihn? Hast du endlich eine andere gefunden?«

Mit einem bösen, spöttischen Lachen nahm sie den Schlüssel von einem Haken neben der Tür und reichte ihn mir.

»Ja«, sagte ich, nahm den Schlüssel und ging.

Ich spüre, wie mir der Schweiß ausbricht. Diese elende Angst, abgewiesen, gedemütigt, mit einem einzigen Wort, einer einzigen Geste vernichtet zu werden! Warum nur habe ich mich dem ausgesetzt? Habe ich mir damals nicht geschworen, nie wieder einer Frau die Chance zu bieten, mich zu erniedrigen?

Am liebsten möchte ich aufspringen, weglaufen, hinaus in die Nacht, unsichtbar werden. Aber ich bin wie gelähmt. Während der Schweiß meine Achseln näßt, sitze ich da, an meinen Stuhl genagelt, blicke in blöder Schicksalsergebenheit zu ihr hinüber und erwarte mein Todesurteil.

Aber dann ... Nach einer quälend langen Pause, während der sie, die Augen niedergeschlagen, sich meinem Blick

wie eine Statue darbietet, lächelt sie plötzlich, lächelt zu mir und Kasparek herüber und hebt ihr Glas.
Es ist alles ganz einfach. Kasparek läßt mir den Vortritt. Erst als ich, mit zittriger Hand, mein Glas zur Antwort erhoben und ihr mit einem vor lauter Erleichterung etwas zu breit geratenen Grinsen zugenickt habe, ergreift auch er sein Glas und prostet ihr zu. Ich sehe, wie sie den Doppelten in einem Zug hinunterkippt. Wieder lächelt sie.
Dann steht sie plötzlich auf, ergreift ihre Handtasche, und als ich, nun wieder ganz Herr der Lage, vielleicht aber auch, weil ich befürchte, sie könne schließlich doch noch davongehen und Kasparek und mich hier sitzen lassen, ihr mit einladender Geste zurufe: »Wollen Sie sich nicht einen Augenblick zu uns setzen?«, nimmt sie nach kurzem Zögern ohne weitere Umstände an unserem Tisch Platz, und es entwickelt sich eine angeregte Unterhaltung, von der mir allerdings nicht allzu viel im Gedächtnis geblieben ist…

X

Nur so viel, daß Kasparek in geradezu peinlicher Weise den Charmeur herauskehrte. Während der Wirt hinter der Theke herumkramte und schließlich damit begann, die Stühle mit den Beinen nach oben auf die Tische zu stellen, gab Kasparek eine Anekdote nach der anderen zum besten, quittierte jeden halben Satz, den sie herausbrachte, mit einem »Reizend!« oder »Allerliebst!« und ließ sich, wenn ich mich recht erinnere, schließlich sogar dazu hinreißen, Tierstimmen zu imitieren, obwohl er dazu nun wirklich keinerlei Talent hatte. Ich bin sicher, er wäre, wenn sie es von ihm verlangt hätte, bellend und auf allen vieren durch das Lokal gekrochen, und sei es nur, um ihr dabei unauffällig unter den Rock zu spähen.

Kaspareks Gebalze war mir unerträglich. Aber ihr schien es zu gefallen, auch wenn sie mir dann und wann einen Blick zuwarf, als wolle sie sich bei mir dafür entschuldigen, daß sie sich so köstlich amüsierte. Ich amüsierte mich nicht. Je mehr Kasparek gurrte und sich spreizte und je wohliger sie sich unter seinen Schmeicheleien räkelte, desto wortkarger wurde ich. So einer war das also: Da kam eine junge Frau an unseren Tisch, eine zugegebenermaßen hübsche junge Frau, und schon hatte er alles vergessen, was ihm soeben noch so wichtig gewesen war.

Ich, der ich Anteil genommen hatte an seinem vor mir ausgebreiteten Schicksal, der ich seiner Geschichte von Anfang an mit selbstloser Aufmerksamkeit gefolgt war, fühlte mich mißbraucht. Ganz wie damals – ich war gerade dreizehn geworden –, als mein Vater mich zum ersten und einzigen Mal auf eine seiner Geschäftsreisen mitnahm, um mir Hamburg zu zeigen.

Wir fuhren mit dem Zug. Gleich gegenüber dem Hauptbahnhof stiegen wir in einem prächtigen altmodischen Hotel ab. Während mein Vater seine geschäftlichen Dinge erledigte, blieb ich auf unserem Hotelzimmer und vertrieb mir die Zeit mit Lesen. Am Abend kehrte er zurück, wir aßen zusammen im Restaurant und wollten gerade darüber beraten, welche Sehenswürdigkeiten wir uns anderntags anschauen würden, ob wir zuerst eine Hafenrundfahrt machen und dann nach Blankenese fahren sollten oder ob eine Schiffsfahrt auf der Außenalster der Fahrt nach Blankenese vorzuziehen sei, da trat eine junge Frau an unseren Tisch, die mein Vater von früher zu kennen schien.

Mein Vater begrüßte sie mit einem Überschwang, den ich sonst gar nicht von ihm kannte und der mir ausgesprochen peinlich war, bat sie Platz zu nehmen, rief aufgekratzt nach dem Kellner und schon bald waren die beiden so ins Gespräch vertieft, daß sie mich völlig vergessen zu haben schienen. Ich war den Tränen nahe, und weil ich nicht sicher war, ob ich mich würde beherrschen können, gab ich vor, müde zu sein, und stahl mich auf unser Zimmer davon, wo ich mich auf mein Bett warf und … Nein, ich weinte nicht. Ich hatte erwartet, daß mir die Tränen kommen würden, aber nun lag ich nur da und starrte mit brennenden Augen an die Stuckdecke.

Als mein Vater lange nach Mitternacht endlich kam, stellte ich mich schlafend. Er machte das Licht im Bad an und zog sich in dem schwachen Lichtschein aus, der von dort durch die einen spaltweit offenstehende Tür ins Zimmer drang. Gleich darauf hörte ich, wie er, der zu Haus stets nur klassische Musik ertrug, beim Zähneputzen einen Schlager vor sich hinsummte.

Mein Vater hatte keine Ahnung, wie sehr mich sein Verhalten verletzt hatte. »Du bist so still«, sagte er, als wir

im Zug nach Berlin zurückfuhren. »Hat dir unsere Reise keinen Spaß gemacht?«
»Doch«, log ich.
Ich brachte es einfach nicht fertig, ihm zu sagen, was mich beschwerte, auch weil ich selbst, je länger ich darüber nachgrübelte, um so unsicherer wurde. Was hatte ich meinem Vater denn eigentlich vorzuwerfen? Hatte nicht vielmehr ich *ihm* die Reise verdorben? Hatte er mir nicht geduldig alle Sehenswürdigkeiten gezeigt, während ich nur immer ein beleidigtes Gesicht aufgesetzt und keinerlei Anteilnahme hatte erkennen lassen?

Wahrscheinlich war es die Erinnerung an die mißlungene Reise mit meinem Vater, die mir so nachhaltig die Stimmung verdarb. Jedenfalls befiel mich von einem auf den anderen Moment nachtschwarze Traurigkeit. Was machte ich hier? Was hatte ich in dieser tristen Kaschemme zu suchen, wo man mir elenden Wein und ungenießbare Speisen vorsetzte und ich mitansehen mußte, wie dieser Kasparek auf schamlose und lächerliche Weise einer jungen Frau den Hof machte, deren Bekanntschaft er, wenn man es genau nahm, allein mir zu verdanken hatte?
Nein, ich würde nicht mit ihm darum wetteifern, ihre Aufmerksamkeit zu fesseln. Mochte er sich in Szene set-

zen, mochte er seine Pfauenräder schlagen! An solchen albernen Hahnenkämpfen beteiligte ich mich grundsätzlich nicht.

Die freudige Anspannung, das Gefühl der Erwartung, die mich soeben noch erfüllt hatten, waren mit einem Mal wie weggeblasen. Darauf also lief es hinaus: immer schäbigere Kneipen, immer billigere Hotels, immer durchsichtigere Manöver des Selbstbetrugs. Mein ganzes Leben erschien mir mit einem Mal leer und sinnlos. Ich dachte an meine Frau, an meine Kinder, die ich nun schon seit vielen Monaten nicht mehr gesehen hatte, ich dachte an die vielen verpaßten Gelegenheiten, zu sagen, was ich eigentlich hatte sagen wollen, an meine Feigheit, die sich als Toleranz oder Bescheidenheit tarnte, an die lange Reihe meiner Niederlagen, an meine zerplatzten Träume und schon fast vergessenen Sehnsüchte.

Auf einmal wußte ich, was ich bis zu diesem Zeitpunkt immer verdrängt, jedenfalls mir nicht wirklich eingestanden hatte: Ich war alt, fast auf den Tag genau, so rechnete ich mir aus, sieben Jahre älter als mein Vater, als der, damals für mich schon ein alter Mann, starb. Merkwürdig, das hatte ich mir bisher nie klargemacht: Wenn der Mann, der mein Vater gewesen war, jetzt neben mir stünde, sähe er vermutlich wie mein jüngerer Bruder aus.

Schon als ich fünfzig wurde, hatte ich im Scherz gesagt: Ich gehe auf die Sechzig zu. Jetzt wurde mir bewußt, daß es die Wahrheit war. Kein Grund mehr, mit dem Älterwerden zu kokettieren. Nun *war* ich alt, wenn nicht alt, so doch auf jeden Fall nicht mehr jung und, was mir im Leben danebengegangen war, nicht mehr zu korrigieren. Ich würde keine zweite, dritte Chance mehr erhalten, einen neuen Anfang würde es nicht mehr geben. Torheit zu glauben, aus den Trümmern meines Lebens ließe sich zu guter Letzt doch noch ein halbwegs ansehnliches Gebäude errichten.

Ihr provozierend roter Mund! Wie sie sich wand, wie sie vor Vergnügen schnurrte unter Kaspareks Schmeicheleien! Und wie plump sie ihre jugendlichen Reize zur Schau stellte, wie plump und berechnend! Kasparek, dieser alte Trottel, ließ sich von ihr zum Narren halten! Ich nicht! Ich mochte alt sein, feige und wehleidig, ein schwacher Mensch, der sich Mal um Mal tiefer in seine Lebenslüge verstrickt. Aber einen Rest an Selbstachtung würde ich mir bewahren.

Im nachhinein sage ich mir natürlich, daß ich das Ganze nicht so ernst hätte nehmen sollen. Was war denn so provozierend an ihrem Verhalten, daß es mir derart zu schaffen machte? Ich hätte darüber lachen sollen, hätte sie einfach nicht weiter beachten, die Sache auf sich beruhen lassen sollen. Aber auf einmal war da dieser Gedanke, wie ein Nadelstich, so plötzlich war er da: Töte sie! Vernichte diese Schlange, eh sie dich vernichtet! Laß nicht zu, daß sie dich durch ihre pure Gegenwart weiter verhöhnt!

Dabei war es doch eher Kasparek, über den ich mich ärgerte. Oder ich ärgerte mich über mich selbst, weil mir, kaum, daß ich sie an unseren Tisch gebeten hatte und sie mich mit ihren großen Augen ansah, gar nichts mehr einfiel, was ich hätte sagen können. Das heißt, mir fiel schon das eine oder andere ein, aber wenn ich darüber nachdachte, erschien es mir gänzlich belanglos oder absurd, oder ich wog so lange ab, ob eine Bemerkung, die mir auf der Zunge lag, an dieser Stelle wirklich treffend oder angemessen wäre, bis die Gelegenheit, sie ins Gespräch einzuflechten, verstrichen war.

Und dann auf einmal dieser Gedanke! Natürlich war er nicht ernst gemeint, natürlich hatte ich nicht wirklich den Wunsch oder gar die Absicht, ihr Gewalt anzutun. Es war nur eine Vorstellung, wer weiß, woher sie rührte, ein spielerischer Gedanke, wie er zuweilen aus einer Laune heraus entsteht, ohne daß man sich richtig klarmacht, was er bedeutet.

Meine Hand spannte sich unter dem Tisch um meinen

Oberschenkel, als legte sie sich um ihren weißen Hals. Ich drückte ein paarmal probeweise zu, spürte keinen Widerstand, drückte fester, meine Finger krallten sich in ihr zartes Fleisch, ich sah das wilde Entsetzen in ihren Augen, hörte sie röcheln …

Sind wir für unsere Gedanken verantwortlich? In Gedanken, Worten und Taten – so habe ich es noch im Religionsunterricht gelernt. Wehret den Anfängen, das Böse beginnt im Kopf! Aber die Gedanken kommen und gehen, und eh wir begreifen, worauf es hinausläuft, hat sich da etwas in uns festgesetzt, ist ein Anfang gemacht. Wie hätte ich verhindern sollen, daß dieser Gedanke sich in meinem Kopf einnistete? Den Anfängen wehren – das ist leicht gesagt. Ist es denn nicht genug, wenn es beim bloßen Gedanken bleibt und man von sich sagen kann, daß man mit dem Ausgang nichts zu tun hat?
Nein, ich habe keinen Grund, mich mit Gewissensbissen zu quälen. Es war nur eine Vorstellung, eine Phantasie, und ehe daraus mehr hätte werden können …

»Ich glaube, für mich wird es Zeit.«
Mitten hinein in Kaspareks Gesäusel pflanzte ich meinen Satz. Kasparek stockte, sah mich erschrocken an, räusperte sich: »Sie wollen schon gehen?«

»Ja«, sagte ich mit Bestimmtheit, und zu ihr gewandt: »Es war mir eine Freude, Sie kennenzulernen.«

Ich ergriff ihre Hand, führte sie an meine Lippen und sah sie mit meinem schönsten Entsagungsblick an. Ihre schreckensweiten Augen, ihr tapferes Lächeln. Nach Lage der Dinge war es ein optimaler Abgang. Humphrey Bogart hätte sich bei mir etwas abschauen können.

Ich war stolz auf mich, auf meine Haltung, auf die höfliche Bestimmtheit, mit der ich das Seil gekappt hatte, das mich in die Tiefe zu ziehen drohte. Den Anfängen wehren, nein, das können wir nicht. Aber nein sagen, ehe es zu spät ist. Ich jedenfalls hatte gezeigt, daß ich es konnte. Und das, obwohl ich doch sonst immer unbedingt wissen mußte, wie es ausgeht!

Zugegeben, leicht war mir die Entscheidung nicht gefallen. Ich spürte, wie sich tief in mir der Zweifel regte, ob ich da nicht eine Chance vergab, eine Chance, die so bald nicht, die vielleicht niemals wiederkehren würde. Kasparek redete, er machte ihr Avancen, aber – wer konnte das übersehen? – Augen hatte sie nur für mich.

Und Kaspareks Geschichte? Wie würde sie ausgehen, wenn ich mich jetzt daraus verabschiedete? Würde ich es später nicht bereuen, vor dem Ende gegangen zu sein? Einwände ex post, nachgereichte Bedenken. Womöglich auch die leise Furcht, Kasparek könne vielleicht doch nicht der Kauz, der schrullige Alte, der Spaßvogel sein, als der er mir erscheinen wollte. Was, wenn er so verrückt war, es ernst zu meinen? War es dann nicht geradezu meine Pflicht, sie im Auge zu behalten, nicht von der Seite dieser jungen Frau zu weichen, bis ich wußte, zweifelsfrei wußte, woran ich mit ihm war?

Andererseits muß ich zugeben, daß es mir eigentlich immer so geht: Sobald ich mich zu einem Entschluß durchgerungen, sobald ich mich nach reiflicher Überlegung für oder gegen etwas entschieden habe, stellen sich reihenweise Bedenken ein, und meistens endet es damit, daß ich felsenfest davon überzeugt bin, wieder einmal das Falsche gewählt zu haben.

Nein, Standfestigkeit gehört eindeutig nicht zu meinen Stärken. Daß ich dennoch gelegentlich, jedenfalls dem Anschein nach, mit Entschiedenheit das eine tue und das andere lasse, daß mein Leben, von außen betrachtet, sogar eine gewisse Stetigkeit, vielleicht gar Folgerichtigkeit aufweist, verdanke ich allein der Trägheit, die ich nach Ansicht meiner Mutter von meinem Vater geerbt habe. Diese und nichts anderes, pflegt meine Mutter zu sagen, sei auch der eigentliche Grund dafür, daß es mit dem Verlag immer weiter bergab gehe. Wie schon meinem Vater, so fehlten auch mir der Schwung und die

geistige Beweglichkeit, um mich der neuen Zeit anzupassen.
Mag sein, daß sie recht hat, obwohl ich nicht sicher bin, ob sie mit ihren neunundachtzig Jahren überhaupt weiß, was das heißt: die neue Zeit. Außerdem, wer sagt denn, daß ich mich überhaupt anpassen will? Mit der Zeit gehen, welch eine idiotische Devise! Soll ich mich etwa den Methoden anpassen, die heute in der Buchbranche um sich greifen? Soll ich etwa jetzt auch noch damit anfangen, das Buch zum Film oder zur Fernsehserie, den zweihundertsten Ratgeber über Sex im Alter und all den anderen Schund herauszugeben? Meine Mutter wird im November neunzig. Vielleicht werde ich zum ersten Mal bei ihrem Geburtstag nicht anwesend sein.

»Um auf unser Problem zurückzukommen …«
Kasparek sagte es, glaube ich, als wir schon alle drei vor dem Lokal auf dem Bürgersteig standen. Aber da war es schon zu spät, um unser Gespräch noch einmal aufzunehmen. Ich hatte trotz seines Einspruchs die Zeche des ganzen Abends, eingeschlossen ihre drei doppelten Wodkas, bezahlt, der Wirt hatte uns zur Tür begleitet und hinter uns abgesperrt. An der frischen Luft spürte ich auf einmal die Wirkung des Alkohols, eine dumpfe Müdigkeit senkte sich auf mich herab. Ich hatte nur

noch einen Wunsch: ins Hotel und schlafen. Was lag also näher, als daß ich, als das Taxi, das der Wirt hatte rufen lassen, kam und der Fahrer mir, was sonst gar nicht mehr üblich ist, den Schlag öffnete, einstieg und mich ins Hotel fahren ließ?

So viel jedenfalls weiß ich ganz genau: Als ich am Hotel ankam, brannte dort nur noch das Außenlicht und der Eingang war verschlossen, so daß ich den Nachtportier herausklingeln mußte, und als er endlich erschien, empfing er mich so mürrisch, daß ich es versäumte, ihm den Auftrag zum Wecken zu geben, weshalb ich am nächsten Morgen …

XI

Je öfter ich über diesen Abend, besonders über sein Ende nachdenke, um so mehr zweifle ich daran, daß es sich so zugetragen haben kann. Wie kam das Messer auf den Teppich vor meinem Bett, ein Messer mit stehender Klinge, auf dessen Schneide sich braune Flecken befanden, genau wie an meinen Händen und an meinem Taschentuch? Es war bereits heller Tag, als es an meiner Zimmertür klopfte. »Augenblick bitte!« rief ich und sprang aus dem Bett, um den Bademantel anzuziehen. Da sah ich das Messer und die Flecken an meinen Händen, und merkwürdigerweise wußte ich sofort, daß es Blut war.

Ich starrte auf das Messer, starrte auf meine Hände, in meinem Kopf überstürzten sich die Bilder: Kasparek, wie er redet, mir schmeichelt, mich anschreit, der Wirt mit dem Stuhlbein in der Rechten, die sichelförmige Narbe leuchtend rot, die junge Frau mit dem Madonnengesicht... Wie war noch ihr Name?

»Neun Uhr dreißig«, rief eine weibliche Stimme.
Ich schreckte aus meinen Gedanken hoch.
»Um Gottes willen! Warum haben Sie mich nicht eher geweckt?«
»Sie haben den Hörer des Telefons nicht aufgelegt.«
Der Hörer lag tatsächlich neben dem Telefon, und jetzt vernahm ich auch den leise scheppernden Ton des Freizeichens. Oder war es das Besetztzeichen? Jedenfalls lag der Hörer nicht auf der Gabel, sondern neben dem Telefon auf dem Nachtschränkchen. Was hatte das zu bedeuten? Hatte ich in der Nacht noch telefonieren wollen und war darüber eingeschlafen? Oder war ich angerufen worden und hatte hinterher den Hörer nicht richtig aufgelegt, so daß er heruntergefallen war?

Mit unserem Gedächtnis ist es eine merkwürdige Sache. Wenn wir älter werden, erinnern wir uns plötzlich an Dinge aus der frühen Kindheit, die uns zuvor gänzlich entfallen waren. Dafür vergessen wir, was wir soeben erlebt, gehört, gelesen, gesehen haben. Es scheint, daß Altersweitsichtigkeit nicht nur die Augen, sondern auch das Gedächtnis befällt. Ich stand neben dem Bett und starrte auf den Hörer, und auf einmal hatte ich das Bild vor Augen, gestochen scharf: Meine Mutter im Salon neben dem Telefon, der Hörer liegt auf der Kommode, meine Mutter steht da und schaut mit merkwürdig starrem Gesichtsausdruck über mich hinweg ins Leere. Das war, als sie erfuhr, daß ihre Eltern bei einem der ersten Bombenangriffe auf Berlin ums Leben gekommen waren. Ich kann damals höchstens drei Jahre alt gewesen sein.

Ich hob das Messer auf, wusch es im Bad, trocknete es sorgfältig ab und steckte es in die Innentasche meines Jacketts. Estelle! Sie hieß Estelle. Kasparek, dieser geile Faun, machte ihr den Hof und ich …

Ich holte ein Handtuch aus dem Bad, wischte damit den Telefonhörer ab und legte ihn auf die Gabel. Ich verhielt mich, wie sich Mörder in Kriminalromanen verhalten, wenn sie die Spuren ihres Verbrechens verwischen, obwohl ich mir doch eigentlich nichts hatte zuschulden kommen lassen, jedenfalls nichts, was man vor der Polizei hätte verbergen müssen.

Aber da war diese Stimme, auf einmal erinnerte ich mich wieder: »Am besten Sie verreisen für einige Zeit ins Ausland. Je weiter weg, um so besser.« Es war Kaspareks Stimme, und sie kam aus dem Telefon. *Er* war es, der mich so spät noch angerufen hatte. Wer weiß, wie er herausgebracht hatte, in welchem Hotel ich abgestiegen war? Ich jedenfalls hatte es ihm, da war ich ganz sicher, nicht erzählt.

Hätte ich zur Polizei gehen sollen? Um *was* anzuzeigen, um *was* zu gestehen? Statt dessen packte ich in aller Eile meine Sachen zusammen, verzichtete auf das Frühstück, zahlte bei der Dame an der Rezeption – »Nein, keine Telefonkosten« – und ließ mich in einem Taxi zum Flughafen fahren. Natürlich war mein Flug schon weg, aber zum Glück bekam ich noch einen Platz auf der nächsten Maschine. Ich war froh, als das Flugzeug, nachdem wir eine ganze Weile bei laufendem Triebwerk auf dem Rollfeld hatten warten müssen, auf die Startbahn einschwenkte, mich der Schub der Motoren gegen die Rückenlehne preßte und wir endlich abhoben. Ich war froh und erleichtert, weil ich glaubte, meinen Alptraum hinter mir gelassen zu haben.

Aber als ich kurz nach ein Uhr mittags in den Verlag kam, war Frau Serke nicht in ihrem Zimmer und auf ihrem Schreibtisch lag eine Zeitung: JUNGE FRAU BESTIALISCH ERMORDET, stand da in riesigen Lettern auf der ersten Seite. Sechzehnmal, las ich, habe der Mörder zugestochen – ein Sadist im Blutrausch. Hinweise auf ein Sexualverbrechen gebe es nicht. Die Polizei tappe im dunkeln. Daneben ein Foto der Ermordeten, der nackte Körper schrecklich verstümmelt.

War das nicht Estelle? Natürlich war es Estelle. Ich mußte

mich auf der Schreibtischplatte aufstützen, mein Herz raste, ich fühlte, wie meine Beine nachgaben, mir wurde schwarz vor Augen.

Frau Serke fand mich, als sie aus der Teeküche zurückkam, wo sie sich wie jeden Mittag ihr Müsli zubereitet hatte. Ich saß auf dem Fußboden mit dem Rücken an die Wand gelehnt und war immer noch nicht in der Lage aufzustehen. Sie schlug die Hand vor den Mund, als wolle sie einen Schrei ersticken. Dann lief sie hinaus und holte Herrn Vorer, der im Verlag vor allem für Werbung und Vertrieb zuständig ist, aber, wenn ich nicht da bin, auch alles andere erledigt. Zusammen schleppten sie mich in die Arztpraxis zwei Stockwerke tiefer, wo Doktor Breitling schnell mit seiner Diagnose zur Hand war: Streß. Ich müsse dringend ausspannen, riet er mir. »Fahren Sie irgendwohin, wo es kein Telefon gibt und Sie auch sonst niemand erreichen kann. Je weiter weg, um so besser.«

Je weiter weg, um so besser! Genauso hatte sich Kasparek am Telefon ausgedrückt. Für einen kurzen Moment durchzuckte mich der Verdacht, Doktor Breitling könne mit Kasparek unter einer Decke stecken. Aber dieser Gedanke war nun wirklich zu absurd. Der Doktor hatte gesagt, was jeder Arzt in Fällen wie meinem zu sagen pflegt. Und hatte er etwa nicht recht? War es in meiner Lage nicht das beste, für einige Zeit von der Bildfläche zu verschwinden?

Schon am Nachmittag des nächsten Tages flog ich nach Frankfurt und nach kurzem Aufenthalt weiter nach Recife in Brasilien. Frau Serke hatte alles organisiert: last minute, zwei Wochen alles inklusive für 3600 Mark. Die Verlagsgeschäfte, das wußte ich, waren bei Herrn Vorer in besten Händen. In dieser Hinsicht brauchte ich mir keine Sorgen zu machen. Zur Buchmesse ging ich ohnehin seit Jahren nicht mehr. Herr Vorer würde mich auch dort wie immer bestens vertreten. Warum also sollte ich mir nicht ein paar Tage Urlaub gönnen? Und doch war ich froh, daß Doktor Breitling mir die Entscheidung abgenommen hatte.

Die ganze Nacht vor meinem Abflug konnte ich vor Aufregung kaum schlafen. Aber vielleicht lag es auch an dem Kreislaufmittel, das Doktor Breitling mir verabreicht hatte. Am Morgen sprang ich vor sechs Uhr aus dem Bett. Drei Stunden vor der Abfahrt zum Flughafen hatte ich gepackt, das Wasser und die Heizung abgedreht, auf dem Postamt einen Sammelantrag gestellt und der Putzfrau auf den Anrufbeantworter gesprochen, daß ich sie erst in vierzehn Tagen wieder brauchte.

Ich war ganz aufgekratzt, so als ginge ich auf eine Vergnügungsreise. Aber als ich schon im Taxi zum Flughafen saß, stieß ich, als ich mich vergewissern wollte, daß ich das Ticket eingesteckt hatte, in der Innentasche meines Jacketts auf das Messer. Mein Gott! Wenn sie es bei der Sicherheitskontrolle auf dem Flughafen in D. entdeckt hätten! Wie war es nur möglich, daß ich es vergessen hatte? Soviel war klar: Noch einmal würden sie es nicht übersehen. Ich mußte es loswerden. Und zwar sofort.

Vielleicht hätte ich es einfach irgendwo aus dem Fenster des fahrenden Taxis werfen oder es auf dem Flughafen unauffällig in einem der vielen Abfallbehälter deponieren sollen. Statt dessen kam ich auf die verrückte Idee, es in die enge Ritze zwischen Rücklehne und Sitz zu stopfen, wobei ich mir einen ziemlich tiefen Schnitt im Mittelfinger zuzog. Als ich mein Taschentuch hervorzog und es um den Finger wickelte, um das Blut zu stoppen, begegnete ich im Rückspiegel dem Blick des Fahrers.

»Ham Se Probleme?« fragte er.

»Nein, nein. Es ist nur der Finger, eine alte Wunde, die wieder aufgegangen ist.«

»Na, denn passen Se ma uff, det Se mir die Sitze nich dreckig machen. Det hab ick nämlich nich so jerne.«

Der Mann war genau der Typ des Berliners, den ich noch nie ausstehen konnte. Spießig bis in die Knochen und immer leicht aggressiv. Wenn ich an ihn denke, bin ich froh, daß einige tausend Kilometer zwischen mir und meiner Heimatstadt liegen. Aber was ist, wenn er das Messer findet und sich an den Fahrgast mit dem blutenden Finger erinnert? Die Fahrt zum Flughafen, Datum, Uhrzeit, alles in der Taxizentrale gespeichert. Und wenn sie dann die Passagierlisten der in Frage kommenden Flüge überprüfen und dabei auch auf meinen Namen stoßen?

»Frau Serke, wo befindet sich Ihr Chef? Wo war er am soundsovielten? Name und Anschrift des Hotels?«

Womöglich erinnert sich der Nachtportier, daß er in jener Nacht, als er mir die Tür aufsperrte, an meinen Händen merkwürdige Flecken wahrnahm.

»Blut?«

»Möglich. Es waren braune Flecken.«

»Wann genau war das? Erinnern Sie sich an die Uhrzeit? In welcher Verfassung war der Gast? War er erregt?«

Was könnte ich ihnen sagen, wenn sie mich mit den Aussagen des Nachtportiers konfrontierten, mich mit ihren Fragen in die Enge trieben? Die Wahrheit? Was ist die Wahrheit? Und würden sie sie mir glauben?

Kasparek weiß die Wahrheit. Wenn er mir jetzt hier auf der Veranda gegenübersäße, würde er mir vermutlich haarklein erzählen, was sich an jenem Abend, nachdem wir das Lokal verlassen hatten, wirklich abgespielt hat, allein schon, um vor mir damit zu prahlen, wie geschickt er alles eingefädelt hat. »Wir sind vom selben Stamm«, würde er sagen. »Sie könnten es gewesen sein. Es spricht sogar alles dafür, daß Sie es waren. Ich selbst habe es so eingerichtet. Ein perfekter Mord, das werden Sie zugeben müssen.«

»Aber der Wirt, er kann bezeugen …«

»Sollte es nötig werden, wird er zu Protokoll geben, daß Sie, Sie allein, mit der jungen Frau um kurz nach zwölf das Lokal verlassen haben. Von mir wird gar keine Rede sein.«

»Und die Wahrheit? Wenn ich die Wahrheit sage?«

»Die wird Ihnen niemand abnehmen. Das wissen Sie selbst nur zu gut.«

Er hat recht. Warum sonst sitze ich hier in diesem fremden Land und überlege mir, wie ich die Geschichte erzähle, damit sie geglaubt werden kann? Warum sonst versuche ich mir einzureden, ich hätte Kasparek und die junge Frau vor dem Lokal zurückgelassen und wäre mit dem Taxi schnurstracks ins Hotel gefahren, obwohl das, allein schon wegen des Messers, gar nicht wahr sein kann? »Wenn Sie die Polizei nicht auf Ihre Spur locken, kann Ihnen gar nichts passieren«, sagte Kasparek am Telefon. »Machen Sie keine Dummheiten. Fahren Sie für ein paar Wochen weg, verhalten Sie sich ruhig. Vor allem, versuchen Sie es nicht mit der Wahrheit! Damit haben Sie keine Chance.«

Als Kind habe ich geglaubt, der Wahrheit hafte etwas an, das sie als Wahrheit erkennbar mache, ein Geruch, ein Glanz, etwas, dem sich niemand entziehen könne, etwas, das auch die hartnäckigsten Zweifler überwältige. Die Wahrheit, dachte ich, ist wie ein Engel, den man am Leuchten seines Angesichts erkennt. Heute weiß ich, daß die Wahrheit keineswegs glaubwürdiger ist als Lüge und Täuschung. Im Gegenteil: Wenn wir wollen, daß die Leute uns unsere Geschichten abnehmen, tun wir gut daran, uns nicht allzu sklavisch an die Wahrheit zu halten.

Gleich als ich die Paßkontrolle auf dem Flughafen in Recife passiert hatte, kaufte ich mir an einem Kiosk in der Ankunfthalle eine deutsche Zeitung. JUNGE FRAU BESTIALISCH ERMORDET, stand da in großen Lettern gleich auf der ersten Seite, und daß der Mörder sechzehnmal mit einem Messer zugestochen habe – ein Sadist im Blutrausch. Es war dieselbe Zeitung, die ich am Tag zuvor auf dem Schreibtisch meiner Sekretärin gesehen hatte, aber als ich mir jetzt das Foto genauer ansah, entdeckte ich, daß es gar nicht Estelle war, sondern, wie die Bildunterschrift enthüllte, die Lehrerin Sonja T. aus Tiefenbach im Bayerischen Wald.

Natürlich! Wenn, dann hatten sie die Leiche frühestens am Morgen nach der Tat entdeckt, und dann konnte in der Zeitung vom selben Tag unmöglich ein Bericht darüber stehen. Wie hatte ich nur so dumm sein können, zu glauben, bei der Toten handele es sich um Estelle? Frühestens am Tag nach der Entdeckung des Verbrechens konnte etwas darüber in der Zeitung stehen. Ich würde also bis morgen oder übermorgen warten müssen.

Doch auch an den nächsten Tagen fand ich keine Nachricht über das Verbrechen jener Nacht. Jeden Tag lasse ich mir aus Recife drei deutsche Zeitungen mitbringen. Gleich nach dem Frühstück sehe ich sie sorgfältig durch, von der ersten bis zur letzten Seite. Aber bis gestern habe ich nicht den geringsten Hinweis auf die Mordtat in D. entdecken können. Heute gab es keine deutschen Zeitungen, aber ich bin sicher, daß ich auch heute nicht fündig geworden wäre.

Ist es möglich, daß es gar kein Verbrechen gegeben hat, daß ich mir das alles nur einbilde, weil Kasparek mit seinen Erzählungen meine Phantasie entzündete und der viele Wein meine Wahrnehmung trübte? Manchmal glaube ich tatsächlich, daß, was mich ängstigt und mir den Nachtschlaf raubt, nur ein Trugbild ist: Kasparek im Flur, das Messer in der Faust, kalt und herausfordernd blickt er mich an.

Aber das Messer auf dem Teppich vor meinem Bett, das habe ich mir nicht bloß eingebildet und die Blutflecken auch nicht, und deswegen kann ich auch nicht von dem Lokal aus mit dem Taxi ins Hotel gefahren sein. Mir ist vielmehr, wenn ich jetzt darüber nachdenke, als hätte sich Estelle, als ich gerade ins Taxi steigen wollte, an mein Ohr gestreckt und mir zugeflüstert: »Bitte lassen Sie mich nicht mit ihm allein!«

Ihr Busen an meinem Oberarm, die Wärme ihres Körpers, der berauschende Duft ihres Parfums! Zu genau ist die Erinnerung daran, als daß ich mich in diesem Punkte irren könnte. Ich glaube, Kasparek gab dem Fahrer zwanzig Mark. Der nahm das Geld, zuckte die Achseln und fuhr davon. Oder ich war es, der ihm das Geld gab, weil ich ihn ja schließlich hatte kommen lassen und es nach allem auf die zwanzig Mark nun auch nicht mehr ankam ...

Vielleicht habe ich auch gar kein Taxi rufen lassen, weil sie schon vorher, noch im Lokal, ihre Hand auf die meine legte und mich ansah, als wollte sie sagen: »Lassen Sie mich nicht mit ihm allein!«, so daß ich meinen Entschluß, mich zu verabschieden und mich ins Hotel zu begeben, kaum daß er gefaßt war, schon wieder umwarf. Später müssen wir jedenfalls, wenn es so war, alle drei noch zu ihr gegangen sein, zu Fuß, nehme ich an. Denn jetzt, mit dem Abstand von einem Dutzend Tagen und einigen tausend Kilometern, erinnere ich mich, erinnere mich ganz genau, daß ich, als wir ihre Wohnung im zweiten oder dritten Stock eines Mietshauses betraten, sie fragte, wo die Toilette sei, und sie auf eine Tür gleich vorn rechts im Flur zeigte.
Allerdings bin ich nicht sicher, ob ich den Schrei gehört habe. Mag sein, daß, was mich nachts hochschrecken läßt, der Schrei eines Tieres ist, das irgendwo dort draußen mit seinem Todfeind ringt. Aber als ich die Toilette verließ und wieder auf den Flur hinaustrat, stand, soviel ist sicher, Kasparek vor mir, das Messer in der Hand. Jede Nacht sehe ich das Bild im Traum. Es ist ebenso klar und deutlich wie das meiner Mutter, wie sie neben dem Telefon steht, aus dem sie soeben die Nachricht vom Tod ihrer Eltern vernommen hat. Warum sollte es also nicht ebenso wahr sein?

Kasparek im Flur, das Messer in der erhobenen Faust, seine kalten Augen blicken mich herausfordernd an. »Nein!« keuche ich. »Tun Sie es nicht! Es gibt einen Unterschied zwischen Denken und Handeln, es gibt einen Unterschied zwischen Wort und Tat!« Und ich stürze mich auf ihn, und wir ringen miteinander. Das heißt: Ich ringe mit ihm, denn er ist stark, viel stärker als ich, er steht einfach da, reckt die Faust mit dem Messer zur Decke empor, während ich vergeblich versuche, es ihm zu entwinden.

XII

Vorhin beim Abendessen im großen Speisesaal des Hotels saß ich mit einem älteren Ehepaar aus Freudenstadt im Schwarzwald am Tisch, er zweiundsechzig, sie sechzig. Sie dächten daran, sagte er, sich nach seiner Pensionierung in Brasilien niederzulassen, weiter im Süden des Landes bei Curitiba oder in der Provinz Santa Catarina, dort, wo es viele Deutsche gebe, deutsche Clubs, deutsche Theater, deutsche Schulen und Gesangsvereine. Als Deutscher könne man dort praktisch wie im eigenen Land leben. Nur daß alles viel billiger sei, die Grundstücke, die Lebensmittel, die Hausangestellten …

Das Meer liegt wie Blei unter dem Mond. Von der Terrasse des Hotels schallt Musik herüber, eine Männerstimme singt *Guantanamera*. Sie spielen das Lied jeden Abend um diese Zeit. Ein neues Leben anfangen? Hier? In Brasilien? Ich fürchte, daß ich nicht den Mut dazu hätte, nicht den Mut und nicht das naive Vertrauen darauf, daß alles besser werden muß, wenn es nur anders wird. Wie hieß es in dem Rilke-Gedicht? *Du mußt dein Leben ändern!* Aber wie macht man das?

Ich könnte mir meine Lebensversicherung auszahlen lassen, obwohl das nicht sehr lange reichen wird. Oder ich verkaufe den Verlag, schaffe mir mit einem Schlag den ganzen Ärger mit der verluderten Buchbranche vom Hals, kann endlich tun, was mir Spaß macht, reisen, in den Tag hineinleben... Meine Mutter müßte allerdings ihre Zustimmung dazu geben, ohne ihre Einwilligung geht es nicht. Wenn sie sich weigert, kann ich den Verlag nicht verkaufen.

Und welchen Grund gebe ich an für meinen Entschluß? Daß ich vom Buchgewerbe die Nase voll habe? Daß ich nicht mehr daran glaube, daß es noch einmal besser wird? Daß ich weg will aus Europa, um in Brasilien, ausgerechnet in Brasilien, ein neues Leben anzufangen?

»Warum willst du jetzt auf einmal dein Leben ändern?« wird sie fragen. »Dein ganzes Leben hast du Zeit dazu gehabt, und jetzt, da ich alt bin, kommst du mir mit so etwas.«

Dabei hat sie mir ständig Vorwürfe gemacht, ich sei zu träge und zu unbeweglich. Immer wieder hat sie von mir verlangt, ich solle mich ändern, neue Wege gehen, meine angestammte Trägheit überwinden. Und jetzt, da ich drauf und dran bin, mein Leben von Grund auf neu zu ordnen, gilt das auf einmal alles nicht mehr, jetzt will sie nichts davon hören.

»*Du* hast doch immer gesagt...«

Ich müßte schon einen sehr triftigen Grund angeben, um sie von der Notwendigkeit eines solchen Schrittes zu überzeugen. Eine existentielle Krise, die ich so zu meistern hoffe, die ich nur so und nicht anders meistern kann. Die Angst, in Europa immer wieder mit meiner Vergangenheit konfrontiert zu werden, mit dem eigenen Versagen, der gescheiterten Ehe, den dunklen Seiten meines Wesens.

»Welche dunklen Seiten? Hast du mir etwas verschwiegen?«

»Nein, Mutter, natürlich nicht.«

Am besten wäre es, ich sagte ihr, daß ich ganz ohne mein Zutun in etwas Furchtbares hineingeraten bin, daß ich Angst habe, entdeckt und eines schrecklichen Verbrechens angeklagt zu werden, das ich zwar nicht begangen habe, das mir aber unweigerlich zur Last gelegt werden würde, wenn ich erst einmal in die Hände der Polizei geriete.

»Ich muß weg, Mutter. Hier kann ich nicht mehr leben. In Brasilien habe ich die Chance, ein neues Leben zu beginnen.«

»Und ich? Was wird aus mir? Kannst du es nicht erwarten, bis ich endlich im Grab liege? Willst du« – ihre Stimme zittert vor Empörung – »willst du dem neunzigsten Geburtstag deiner Mutter fernbleiben?«
Das sagt sich so leicht: *Du mußt dein Leben ändern.* Hatte Rilke eine Mutter, als er das schrieb? Und was hätte sie wohl dazu gesagt?
Wenn ich sicher wäre, ganz sicher wäre, daß ich es war, daß ich sie umgebracht habe (mit einem einzigen gutgezielten Stich genau ins Herz!), vielleicht hätte ich dann den Mut, alle Fesseln durchzuschneiden und ein neues Leben anzufangen. Aber so, solange alles zweifelhaft ist, es nicht einmal feststeht, jeden Tag weniger feststeht, daß es das Verbrechen jener Nacht tatsächlich gegeben hat …

Woher soll man wissen, ob jemand nur eine Geschichte erzählt, sich etwas in seinem Kopf zusammenspinnt oder ob es ihm ernst ist, blutig ernst? Ganze Bibliotheken gibt es voll der grausamsten Verbrechen, ausgedacht von ehrbaren Bürgern und von ebensolchen als Lesestoff begierig verschlungen. Jeden Abend spielen sich im Fernsehen vor unseren Augen die entsetzlichsten Mordtaten ab; wir genießen den Schauder, den sie uns bereiten, und denken mit keiner Faser daran, daß das Grauen aus der Welt der Wörter und der Bilder in unser Leben eingreifen könnte.

Kasparek war ein Kauz, zuweilen, das gebe ich zu, ein wenig unheimlich, aber immer unterhaltsam. Außerdem benahm er sich, von den gelegentlichen Wutanwandlungen abgesehen, ausgesprochen korrekt, war gebildet und höflich, gebildeter und höflicher als die meisten Menschen, mit denen ich zu tun hatte, auf jeden Fall um vieles gebildeter und höflicher als jene Kerle, die sich heutzutage überall in der Verlagsbranche breitmachen. Wie hätte ich also ahnen sollen, was er insgeheim im Schilde führte?

Zuerst dachte ich, er hätte sich besonnen. Denn plötzlich gab er nach und überließ mir das Messer. Schwer atmend von der Anstrengung des Ringkampfs stand ich ihm im Flur ihrer Wohnung gegenüber. Er sah mich an, seine Augen stumpf, wie erloschen, in seinem Gesicht nichts als tiefe Enttäuschung, Enttäuschung darüber, daß ich ihm in den Rücken gefallen war, daß ich ihn und seine Sache verraten hatte.

Es ist schwer zu erklären, aber immer wenn ich in meinen Tag- und Nachtträumen an diesen Punkt gelange, fühle ich mich schuldig: Er hat mich auf die Probe gestellt, und ich habe mich als unwürdig erwiesen. Die Augen niedergeschlagen und Entschuldigungen stammelnd, strecke ich ihm das Messer hin. Er aber nimmt es nicht, er schaut mich nur an mit dem immer gleichen Ausdruck abgrundtiefer Enttäuschung, dreht sich schließlich um und geht, ohne ein Wort zu sagen, zur Tür hinaus.

Natürlich weiß ich, weiß es jetzt, daß seine Enttäuschung gespielt ist, daß es durchaus seinem teuflischen Plan entsprach, mich dazu zu bringen, ihm das Messer abzunehmen. In Wahrheit habe ich gar keinen Grund, mich ihm gegenüber schuldig zu fühlen. *Er* hat *mich* verraten, er hat mich vom ersten Wort, vom ersten Blick an manipuliert, er hat alles mit Absicht so arrangiert, daß für die Polizei, wenn sie sich mit der Sache befaßt, nur ich als Mörder in Frage komme, obwohl ich doch eigentlich nur mitgekommen war, um zu verhindern, daß er es tat... Und weil sie mich so ansah, als wollte sie sagen: »Lassen Sie mich nicht mit ihm allein!«

Als Kasparek gegangen war, stand ich im Flur, das Messer in der Hand, und hatte immer noch keine Ahnung, daß ich in eine Falle getappt war. Erst als ich unten die Haustür ins Schloß fallen hörte, bemerkte ich das Blut an meinen Fingern. Aber da war Kasparek schon fort, verschwunden auf Nimmerwiedersehen. Ich stand da, starrte auf das Messer und das Blut, das von der Klinge troff, und auf einmal...

»Estelle!« rief ich, und noch einmal mit versagender Stimme: »Estelle!« Keine Antwort. Und als ich nun, das Messer in der einen, mit der anderen Hand die angelehnte Tür zum Wohnzimmer aufstieß, da sah ich sie auf dem Teppich liegen, genau so wie man dem Zeitungsbericht zufolge die Lehrerin Sonja T. aus Tiefenbach in ihrer Wohnung gefunden hat: splitternackt und blutüberströmt, mit sechzehn Stichen in Hals, Brust und Bauch.

Ich weiß, daß kein Mensch mir glauben würde, wenn ich die Geschichte so erzählte, am allerwenigsten die Polizei.

»Warum haben Sie nicht gleich die Polizei gerufen? Warum haben Sie nach der Tat sorgfältig alle Spuren verwischt und sich ins Ausland abgesetzt? Haben Sie nicht selbst erwähnt, daß Sie Mordgedanken hegten, daß Sie von der Vorstellung heimgesucht wurden, die junge Frau zu packen, ein Messer zu zücken und es ihr in den Leib zu stoßen?«

Viel würde es da wohl nicht nützen, beckmesserisch – welch ein Ausdruck! – darauf zu beharren, daß in dem erwähnten Zusammenhang von einem Messer gar nicht die Rede gewesen sei, allenfalls davon, die junge Frau zu erwürgen. In der Vorstellung, versteht sich! Nicht in der

Wirklichkeit! Kaum anzunehmen, daß es auf die Polizisten Eindruck machen würde, wenn ich angesichts solch übermächtiger Indizien auf dem subtilen Unterschied zwischen Gedanken und Tat bestünde.

Lieber ein Unschuldiger wird gerichtet, als ein Verbrechen bleibt ungesühnt. Auch wenn sie es öffentlich nicht zugeben würden, ich glaube, daß die meisten Menschen insgeheim dieser Ansicht sind. Nichts ist für sie bedrohlicher als eine Untat, für die kein Schuldiger präsentiert werden kann. Der Mörder lebt unter uns – welch ein heiliger Schrecken spricht aus diesem Satz! Solange er nicht kenntlich gemacht, mit Namen versehen und ausgeschieden ist, kann jeder von uns der Mörder sein: er und sie und du und ich. Also müssen wir einem die Schuld aufladen und ihn aus unserer Mitte verbannen, damit das Böse uns äußerlich bleibe und wir uns so vor uns selber schützen.
Aber dazu muß das Verbrechen erst einmal ruchbar werden. Bisher ist es eine Sache zwischen Kasparek und mir. Bisher, so scheint es jedenfalls, sind wir die einzigen, die der Polizei einen Wink geben könnten. Er wird es nicht tun. Warum sollte er seinen ehemaligen Kollegen, die ihm zuletzt das Leben schwer machten, indem sie ihm jede Hilfe verweigerten, jetzt einen Teil ihrer Arbeit ab-

nehmen? Und ich? Ich wäre verrückt, wenn ich zur Polizei ginge. Meine Aussage, wie immer sie ausfiele, würde letztlich doch nur mich selbst in Verdacht bringen. Das hat Kasparek so eingerichtet. Er hat mich an sich gefesselt, mich zu seinem Komplizen gemacht, obwohl ich mit der Tat, mit *seiner* Tat, in Wahrheit nicht das geringste zu tun habe.

Allerdings habe ich mich wie ein Mörder verhalten, und das allein zählt für die Polizei. In Panik stürzte ich aus dem Haus, das bluttriefende Messer noch immer in der Hand. Es braucht mich nur jemand gesehen zu haben, ein Bürger, der vor dem Schlafengehen seinen Hund auf die Straße führte, ein Schlafloser, der aus dem Fenster sah, oder ein Liebespaar in einem am Straßenrand geparkten Auto. Gut möglich, daß sie mich, wenn erst einmal Verdacht auf mich gefallen wäre, wiedererkennen würden. Auch daß ich am nächsten Morgen im Hotel nicht, wie es ein von seiner Unschuld Überzeugter getan hätte, die Polizei verständigte, sondern die Spuren des Verbrechens sorgfältig löschte, käme es an den Tag, würde mich als Mörder brandmarken. Es sei denn …

Immer häufiger in letzter Zeit beschleicht mich der Gedanke: Was wäre, wenn es gar kein Verbrechen gegeben, wenn ich mir das alles nur eingebildet hätte? Vielleicht habe ich mich, als ich Kasparek das Messer abnahm oder er es mir schließlich überließ, in den Finger geschnitten. Dann könnte es sich vielleicht doch um eine alte Wunde gehandelt haben, die im Taxi bei dem Versuch, das Messer in dem Zwischenraum zwischen Rücksitz und Lehne zu verstecken, wieder aufgebrochen ist. Das Blut an meinen Fingern, das mich so erschreckte, könnte durchaus mein eigenes gewesen sein, und die Leiche, die ich sah, gibt es vielleicht nur in meinem Kopf.

Oder in der Zeitung. Denn das Bild der Ermordeten, das mich verfolgt, das mir Nacht für Nacht im Traum erscheint, gleicht aufs Haar genau dem, welches ich zuerst in Berlin und dann noch einmal hier, viele tausend Kilometer von Deutschland entfernt, auf der Titelseite desselben Boulevardblatts gesehen habe.

Vielleicht bin ich, als ich von Entsetzen gepackt aus dem Haus und durch die nächtlichen Straßen rannte, vor mir selber davongelaufen, vor meinen eigenen Hirngespinsten. Das würde immerhin erklären, warum bis heute immer noch nichts über den Mord in der Zeitung steht. Wenn ich es genau bedenke, bin ich auch keineswegs sicher, daß ich, als Kasparek sich aus dem Staub gemacht und ich das Blut an meinen Fingern entdeckt hatte, wirklich die Tür zum Wohnzimmer aufstieß und Estelles Leiche sah. Womöglich bin ich, kopflos wie ich war, einfach davongelaufen, ohne mich zu vergewissern, ob die Untat, deren Zeuge ich zu sein glaubte, tatsächlich stattgefunden hatte.

Und Estelle? Wenn das Blut an meinen Fingern nicht ihr Blut war, wenn sie nicht mit sechzehn Stichen in Hals, Brust und Bauch auf dem Teppich in ihrem Wohnzimmer lag, wo war sie dann, als Kasparek und ich auf dem Flur miteinander rangen oder ich mit ihm? Sie muß doch gehört haben, wie ich ihn anschrie: »Tun Sie es nicht! Es gibt einen Unterschied zwischen Denken und Handeln, es gibt einen Unterschied zwischen Wort und Tat!«

Ist es denkbar, daß sie mit Kasparek gemeinsame Sache machte, daß beide es nur darauf angelegt hatten, mir ein Verbrechen vorzugaukeln, womöglich, weil ihnen im Unterschied zu mir schon immer klar war, daß das Böse im Kopf nicht weniger schrecklich ist als die böse Tat? Vielleicht hielt sie sich versteckt, bis ich die Wohnung verlassen hatte, und, während ich, von Furien verfolgt, ziellos durch die Straßen lief, saßen die beiden längst wieder in ihrem Wohnzimmer beisammen und hatten ihren Spaß an dem gelungen Streich. Womöglich saß sie neben ihm und hörte mit, als er mich später im Hotel

anrief, und konnte sich das Lachen kaum verkneifen ob meiner Dummheit und Arglosigkeit.
Vorgestern, als ich wieder einmal die Zeitungen durchgesehen und keine Notiz über jene Nacht in D. entdeckt hatte, kam mir der Gedanke zum ersten Mal. Seitdem hat er mich nicht mehr losgelassen. Was ist, wenn auch morgen und übermorgen und auch in vier Wochen kein Wort über das Verbrechen in der Zeitung steht? Werde ich mich dann nicht an den Gedanken gewöhnen müssen, daß es das Verbrechen jener Nacht gar nicht wirklich gegeben hat, und wird es dann nicht immer wahrscheinlicher, daß Kasparek und sie mich zum Narren hielten?

Du mußt dein Leben ändern. Ich weiß, daß es höchste Zeit dazu ist, daß ich vermutlich nur diese eine Chance habe, zu guter Letzt doch noch etwas aus meinem Leben zu machen. Jetzt oder nie!
Nur, ohne Anstoß von außen schaffe ich es nicht. Meine Mutter hat recht: Es fehlt mir einfach an Schwung, an Entschiedenheit. Nur, wenn es wirklich nicht mehr anders geht, wenn mich die Umstände dazu zwingen, bringe ich es fertig, die gewohnten Pfade zu verlassen. Und selbst dann zögere ich oft noch, zögere so lange, bis es zu spät, bis der rettende Ausweg versperrt ist und das Unglück seinen Lauf nimmt.

Der rettende Ausweg? Und wenn, was mir als Ausweg erscheint, in Wirklichkeit eine Sackgasse ist oder der gerade Weg in den Abgrund? Cäsar am Rubikon: Alea iacta est! Schon als Kind war mir völlig unbegreiflich, woher der die Entschiedenheit nahm, die Gewißheit, hier und jetzt dies und nichts anderes tun zu sollen. Und ist es am Ende nicht bös ausgegangen? Hätte er nicht besser daran getan, den Rubikon gar nicht erst zu überschreiten? Vielleicht war eben dies sein letzter Gedanke, als er auf dem Mosaikboden des Capitol zu Füßen der Verschwörer in seinem Blute lag.

XIII

Heute morgen blieben die Zeitungen aus. Als ich die Terrasse des Hotels betrat und auf meinen Tisch zusteuerte, kam mir Manolo, der Kellner, entgegen, hob theatralisch die Hände zum Himmel und rief: »Kein Zeitung! Kein Zeitung!« Später an der Rezeption erfuhr ich, daß der Tennislehrer, der die deutschen Zeitungen jeden Morgen aus Recife mitbrachte, sich den Fuß verstaucht habe. Man werde eine andere Möglichkeit finden, die Zeitungen aus Recife zu besorgen. Morgen oder übermorgen...

Ich überlegte kurz, ob ich mir den Landrover ausleihen und selbst nach Recife fahren solle, verwarf den Gedanken aber wieder. Die Hitze, der wahnsinnige Autoverkehr, warum sollte ich mich dem aussetzen? Um einer Chimäre nachzujagen? War es nicht unsinnig, die Antwort auf meine Fragen ausgerechnet in der Zeitung finden zu wollen? War sie nicht vielmehr in mir selber zu suchen, in meinem Leben, das bisher eher unscheinbar verlaufen und durch diesen einen Abend in D. so gründlich aus den Fugen geraten war?

Heute, nach all den Jahren, bin ich mir ziemlich sicher: Ich hätte niemals den Verlag übernehmen sollen. Damals, als mein Vater starb, hätte ich sagen sollen: »Ich gehe meinen eigenen Weg. Was aus dem Verlag wird, ist nicht meine Sache.«

Aber was ist das, der eigene Weg? Ich hätte mein Studium beenden können, um als Kunsthistoriker in einem Museum angestellt zu werden. Wäre das *mein* Weg gewesen?

Als ich fünfzehn war, wollte ich unbedingt Rockmusiker werden. Mein Vater schenkte mir zu Weihnachten eine elektrische Gitarre, die aber schon bald in einer Ecke verstaubte. Viele Jahre später, ich hatte gerade den Verlag übernommen, hatte ich in einer kleinen Stadt an der holländischen Grenze zu tun. Als ich gegen Abend in meinem Hotel ankam, sah ich ein paar junge Leute mit langen Haaren, die Musikinstrumente aus einem Bus entluden und in einen Saal trugen. Ich ließ meinen Koffer am Lift stehen, ging zur Saaltür und sah zu, wie die großen schwarzen Lautsprecherkästen links und rechts der Bühne installiert, wie die Mikrophone aufgebaut, Kabel verlegt und die Instrumente angeschlossen wurden.

Plötzlich tippte mir jemand auf die Schulter. Neben mir stand ein junges Mädchen, strahlte mich an und fragte mit vor Aufregung bebender Stimme: »Gehören Sie zur Band?« Sie hielt einen Schreibblock und einen Kugelschreiber in der Hand, und es war klar, daß sie ein Autogramm erwartete.

Als ich mich vollends nach ihr umwandte, sah ich, wie das Leuchten in ihren Augen schlagartig erlosch. Erschrocken legte sie die Hand auf ihren Mund. »Entschuldigung!« stammelte sie und wich vor mir zurück, als wäre sie einem Gespenst begegnet.

Dieser heillose Schreck, diese maßlose Enttäuschung – nie wieder habe ich solche Augen gesehen. Noch heute schießt mir das Blut in die Wangen, wenn ich an diese Begebenheit denke. So peinlich war sie mir, so sehr schämte ich mich. Vielleicht war ich aber auch überrascht, freudig überrascht, daß jemand überhaupt, wenn auch nur für einen kurzen Moment, mich für einen Musiker halten konnte.

»Gehören Sie zur Band?« – später stand ich lange im Badezimmer vor dem Spiegel und murmelte den Satz vor mich hin. Ich weiß, daß es lächerlich klingt, aber für einen Augenblick glaubte ich damals tatsächlich in meinem Gesicht einen verwegenen Zug zu erkennen, der mir eine entfernte Ähnlichkeit mit Mick Jagger oder Udo Lindenberg verlieh.

Eigentlich hatte ich Kunsthistoriker werden wollen. Jedenfalls hatte ich, dem Rat meines Kunstlehrers folgend, dieses Fach studiert, hatte die Magisterprüfung abgelegt und machte mir berechtigte Hoffnungen, nach der Promotion eine der begehrten Assistentenstellen am Institut zu bekommen. Aber dann starb mein Vater, und meine Mutter bestand darauf, daß ich den Verlag übernähme. »Jetzt mußt du dich als Mann erweisen«, sagte sie, »jetzt, da dein Vater nicht mehr da ist.«

Ich sollte mich als Mann erweisen, indem ich genau das tat, was sie von mir verlangte! Wenn ich Manns genug gewesen wäre, hätte ich ihr gesagt: »Verkauf den Verlag, dann hast du für den Rest deines Lebens ausgesorgt. Und ich kann meinen eigenen Weg gehen.« Aber sie verlangte von mir, daß ich, wie sie sich ausdrückte, das Werk meines Vaters fortführe. Sie erpreßte mich, machte mir ein schlechtes Gewissen, fuhr mir über den Mund, wenn ich zu bedenken gab, daß ich für das Verlagsgeschäft völlig ungeeignet sei: »Hab dich nicht so! Dein Vater war auch kein geborener Verleger.«

Später hat sie mir genau das immer wieder zum Vorwurf

gemacht: daß ich es genau wie mein Vater an Tatkraft und Unternehmergeist fehlen ließe. Ich hätte mich damals ins gemachte Nest gesetzt, ohne je wirklich Verantwortung zu übernehmen. Als ob ich mich danach gedrängt hätte, den Verlag meines Vaters zu übernehmen, als ob ich nur auf die Gelegenheit gewartet hätte, mir die Pfründe unter den Nagel reißen zu können.

Ja, wenn das Verlagsgeschäft geblieben wäre, was es für meinen Vater war, ich hätte auf die Dauer womöglich Geschmack daran gefunden. Wer weiß, vielleicht ginge ich heute noch mit Begeisterung meinem Beruf nach. Aber es kam anders, und wenn ich es recht bedenke, waren die ersten Anzeichen für die negativen Veränderungen damals schon zu erkennen. Wenn ich Zeit gehabt hätte, mir alles in Ruhe zu überlegen, wenn ich mich frei hätte entscheiden können... Aber meine Mutter ließ mir keine Chance dazu.

Immer wenn ich anfing, mir Gedanken zu machen, wie es in meinem Leben weitergehen solle, hatten andere schon entschieden, meine Mutter, meine Lehrer, meine Frau.

Als ich meine Frau kennenlernte, hatte sie große Pläne: nach Kuala Lumpur wollte sie, wo ein Onkel ein wunderschönes Hotel im Kolonialstil besäße, und von dort weiter nach Japan, Hawai, die USA – eine Reise um die

Welt in zwei, drei, vielleicht fünf Jahren, sich auf Zeit niederlassen, wo es einem gefällt, ohne Wurzeln zu schlagen, Verpflichtungen einzugehen.

Allerdings, als ich mich gerade mit dem Gedanken anzufreunden begann, mich mit ihr zusammen in dieses Abenteuer zu stürzen, hatte sie es sich schon wieder anders überlegt. Ich dürfe auf keinen Fall den Verlag im Stich lassen, das sei ich mir und meinem Vater schuldig. Reisen könnten wir später immer noch. Außerdem – kurze, aber wirkungsvolle Pause – außerdem sei sie vermutlich schwanger.

Meine Mutter erwähnte sie in diesem Zusammenhang nicht. Aber mir war sofort klar, daß die beiden Frauen sich auf meine Kosten verständigt hatten. Noch heute telefonieren sie täglich miteinander. Daß meine Frau mich verlassen hat, daß sie mit den Kindern von einem Tag auf den anderen ausgezogen ist, scheint meine Mutter nicht zu stören. Für sie ist die Sache klar: Ein Mann, dem die Frau davonläuft, hat die Schuld bei sich selbst zu suchen.

»Immer bist du das Opfer«, sagt meine Mutter. »Warum bist du nie der Täter?«

Täter? Ich? Ja, warum eigentlich nicht? Warum, wenn alles sowieso dafür spricht, soll ich nicht der Täter sein?

Die Nacht streicht wie ein großes Tier um mein Bett. Ich liege da und spüre den Luftzug, der durch das vergitterte Fenster hereinfährt, höre den dumpfen Ton des Generators, das hellere Rauschen der Brandung.

Brandfackel!

Warum denke ich das jetzt? Eine einsame Fackel im Dunkel der Nacht, über Hügel zieht sie, durch verlassene Täler, ein schwankendes sich selbst verzehrendes Licht. Wer es sieht, dem krampft sich das Herz zusammen vor Todesangst, vor freudiger Erwartung. Ein Signal, eine Mahnung an die Welt ist es, ein böses Omen und ein Hoffnungszeichen.

Wenn sich etwas ändern soll, wenn *ich* mich ändern soll, dann ist es vielleicht doch besser, es gab den Mord, das Blut an meinen Fingern war ihr Blut und auf dem Teppich in ihrem Wohnzimmer lag eine Leiche, wenn auch vielleicht nicht die aus der Zeitung. Denn daß es genau sechzehn Stiche waren, würde mir ohnehin niemand glauben.

Wer käme in einem solchen Moment schon auf die Idee, die Einstiche zu zählen? Der Mörder nicht, und ein Zeuge schon gar nicht, vor allem nicht, wenn er, der Mörder, der Zeuge, gleich darauf in Panik den Tatort verläßt.

Kasparek hat recht: Ich *könnte* der Mörder sein. Nehmen wir an, ich ging zur Wohnzimmertür und stieß sie auf. Nehmen wir weiter an, daß sie nicht auf dem Teppich lag, sondern sich über den Plattenspieler beugte. »Chuck Berry«, wird sie mir zugerufen haben, und auf die Platte zeigend: »Die ist noch von meinem Vater. Sagt Ihnen sicher was.«

Und ob mir das etwas sagt, mein Täubchen! Ohne zu antworten, trete ich näher, trete von hinten ganz nah an sie heran. Der harte, hämmernde Rhythmus, Chucks kehlige Stimme: »Long distance information, give me Memphis, Tennessee ...« Sie richtet sich auf, ihr warmer Körper nur wenige Zentimeter von meinem entfernt.

Ob sie ahnt, was jetzt geschieht, geschehen muß? Und warum läuft sie dann nicht weg? Warum steht sie da, wie ein Lamm, das zur Schlachtbank geführt werden soll?

»... help me, information, get in touch with memory ...«

Ich hebe den Arm, die Musik dröhnend laut, der Rhythmus pocht in meinen Schläfen, zertrümmert jeden anderen Gedanken. Nur dieser eine: Du mußt es tun!

Ich spüre, wie sie erstarrt, sie fährt herum, sieht das Messer in meiner Hand. Die ungläubigen Augen, ihr halboffener Mund, als könne sie nicht fassen, was sie sieht. Und dann auf einmal hat sie wieder dieses Opfergesicht, so daß mir gar keine andere Wahl bleibt, als zuzustoßen, ihr das Messer in den Leib zu stoßen – ein einziges Mal, direkt ins Herz. Aus purer Mordlust. Oder weil eh schon alles entschieden ist: ich der Mörder und sie das Opfer …

Keine Ahnung, wie lange ich durch die nächtlichen Straßen gelaufen war, als ich plötzlich, aus purem Zufall, direkt vor meinem Hotel stand. Das Messer hatte ich, glaube ich, inzwischen in die Innentasche meines Jacketts gesteckt. Als ich mich auszog, muß es auf den Teppich gefallen sein, ohne daß ich es bemerkte. Oder ich bemerkte es, war aber zu erschöpft, um mich danach zu bücken und es aufzuheben.

Ich war soeben eingeschlafen, da läutete das Telefon.

Ich schreckte hoch: »Hallo?« Es war Kasparek. Als spräche er eben jetzt, in diesem Augenblick, zu mir, so deutlich höre ich seine Stimme. »Das beste wäre«, sagt er, »Sie gingen davon aus, daß Sie der Mörder sind.«

Er sagt ›Mörder‹, nicht Totschläger, nicht Messerstecher, und er sagt es mit Hochachtung. Zum ersten Mal habe ich das Gefühl, daß er mir Respekt entgegenbringt, daß überhaupt jemand mir Respekt entgegenbringt.

»Ich bin ein Mörder, Mutter, ein richtiger Mörder!«

Ich fühle, wie mir der Stolz die Wangen rötet. Nein, ich

habe ihn nicht enttäuscht. Einmal bin ich über mich hinausgewachsen, habe Tat werden lassen, was schon immer in mir steckte, tief verborgen in meinem Innern. Kasparek war es, der es in mir entdeckte. Auf den ersten Blick, gleich als ich das Lokal betrat. Als ich selbst noch keine Ahnung hatte, was da mit mir geschah …

»Danke«, flüstere ich, und noch einmal: »Danke.« Und während ich im Dunkeln nach dem Telefon taste, um den Hörer wieder aufzulegen, ist da auf einmal wieder dieses Lachen, aus weiter Ferne dringt es an mein Ohr, das Lachen einer Frau, dunkel und strahlend. Ein Lockruf ist es, und er gilt mir allein, ganz sicher bin ich, daß nur ich ihn höre. Ich werde ihm folgen, er weist mir den Weg, denWeg, den ich von nun an gehen werde.

Ich schließe die Augen, langsam sinke ich auf das Kissen zurück, ruhig geht mein Atem, mein Körper entspannt sich, und während das Lachen sich allmählich in der Weite des Alls verliert, trägt mich eine Welle von Stolz und Zufriedenheit in einen tiefen bewußtlosen Schlaf.

editionLübbe

Die Kunst des Erzählens

Foto: Basso Cannarsa

ANDREA CAMILLERI

DIE
FORM DES WASSERS

Commissario
Montalbano denkt nach

Roman

Aus dem Italienischen von Schahrzad Assemi
256 Seiten, gebunden in Leinen mit Schutzumschlag
DM 32,– / ÖS 234,– / Sfr 29,50 · ISBN 3-7857-1509-9

Andrea Camilleris Kriminalromane haben in Italien ein wahres Montalbano-Fieber ausgelöst. Wer ist Montalbano? Salvo Montalbano ist erstens Sizilianer wie sein Schöpfer Camilleri und zweitens Commissario des Küstenstädtchens Vigàta, wo er denn auch gleich seinen ersten Fall zu lösen hat. Dieser beginnt mit dem mysteriösen Hinscheiden eines prominenten Politikers in einer Art Freiluft-Bordell und endet noch lange nicht mit dem Auftauchen einer ebenso pikanten wie verdächtigen schwedischen Blondine. Denn Commissario Montalbano, bewaffnet mit Charme und südlicher Nonchalance, läßt sich Zeit …

Andrea Camilleri ist ein Romantiker mit Scharfblick. Seine beeindruckende Beobachtungsgabe sowie seine enorme sprachliche Ausdruckskraft machen ihn so erfolgreich und lassen seine Werke zugleich höchsten Ansprüchen an literarische Qualität genügen.
Giocchino Lanza Tomasi

IRINA
RATUSCHINSKAJA
DIE
FRAUEN VON ODESSA
Roman

Aus dem Russischen von Bernd Rullkötter
512 Seiten, gebunden in Leinen mit Schutzumschlag
DM 39,80 / ÖS 291,– / Sfr 37,– · ISBN 3-7857-1506-4

Odessa 1905. Der Panzerkreuzer Potemkin beschießt die Stadt, deren Herz für die meuternden Matrosen schlägt. Noch sind es Kinder, die Liebenden und Leidenden dieses Romans, noch ahnen sie nichts von Revolution, Terror und Krieg. Aus den Schicksalsfäden dreier Familien webt die russische Dichterin Irina Ratuschinskaja einen grandiosen Bilderteppich, der ein halbes Jahrhundert russischer Geschichte in ergreifenden Szenen schildert, eine Zeit, in der nur noch eines Bestand hat: die Fähigkeit des Menschen zu hoffen, zu lieben und zu verzeihen.

Ein großes Epos.
Aurea Carpenter, SUNDAY TELEGRAPH

Sensibel und überzeugend erzählt Irina Ratuschinskaja vom Leben jener Menschen, die keine Schlagzeilen machen.
Emma Guinness, LITERARY REVIEW

Foto: Jerry Bauer

BARRY UNSWORTH

EIN HAUS IN UMBRIEN

Roman

Aus dem Englischen von Wolfgang Neuhaus
ca. 352 Seiten, gebunden in Leinen mit Schutzumschlag
ca. DM 36,– / ÖS 263,– / Sfr 33,– · ISBN 3-7857-1508-0

Der neue Roman des Booker-Preisträgers spielt in Umbrien, im Herzen Italiens, wo selbst die Ortsnamen von einer alten, blutigen Vergangenheit zeugen und mancher versucht, ein neues Zuhause zu finden. Zwischen den tragischen und absurden, komischen und erhebenden Ereignissen zeichnen sich die Schicksale von Menschen unterschiedlicher Herkunft ab, die eines gemeinsam haben: Sie sind Figuren im Spiel eines geheimnisvollen Mannes, der vielleicht der Teufel selbst ist.

Die Geschichte von Träumen: verloren, wiedergewonnen, umgestaltet – eine geistvolle und feinfühlige Analyse des Verrats, der sich durch Beziehungen windet, so erderschütternd für die Beteiligten wie die großen Ereignisse des Krieges.

SCOTLAND ON SUNDAY

Foto: Pedor Peris

RAFAEL AROZARENA

MARARÍA

Roman

Aus dem Spanischen übersetzt
und mit einem Nachwort versehen von Gerta Neuroth
240 Seiten, gebunden in Leinen mit Schutzumschlag
DM 32,– / ÖS 234,– / Sfr 29,50 · ISBN 3-7857-1503-X

Mararía war einst das verführerischste Mädchen der Vulkaninsel Lanzarote – bevor Eifersucht und Gewalt, Liebe und Wahnsinn über sie hereinbrachen. Stück für Stück geben die Männer des Dorfes Femés, die sie einst liebten und verrieten, das Drama Mararías preis: der bucklige Totengräber, ein Schankwirt, der Fischer, der versoffene Arzt und der Eremit, ausgezehrt vom ewigen Kampf gegen das Feuer Satans …

Ein Roman von Weltformat, in dem sich magischer Realismus mit einer faszinierenden Fabuliergabe verbindet.
BADISCHE NEUESTE NACHRICHTEN

Ein herrlicher Erzähler … Sehr zu empfehlen.
SCHWEIZER BIBLIOTHEKSDIENST, Bern

Ein Meisterwerk der zeitgenössischen spanischen Literatur.
WOCHENKURIER HEIDELBERG

Foto: Jacques Sassier

TONINO
BENACQUISTA

DAS
SEIFENOPERN-QUARTETT

Roman

Aus dem Französischen von Gisela Koschka
und Helga Künzel
432 Seiten, gebunden in Leinen mit Schutzumschlag
DM 39,80 / ÖS 291,– / Sfr 37,– · ISBN 3-7857-1500-5

Drei Männer und eine Frau, gebeutelt vom Leben und beruflich am Ende, sind in einem Zimmer zusammengepfercht und schreiben eine Fernsehserie. Die einzige Bedingung des Senders: so billig und so schnell wie möglich! Denn die Seifenoper, ausgestrahlt in den frühesten Morgenstunden, wird sowieso keiner sehen.

Also schreibt das Quartett los, ohne Rücksicht auf Einschaltquoten. Es schreibt einfach die Wahrheit, auch die des eigenen Lebens, tragisch, komisch und voller Phantasie. Dann kommt die erste Fanpost von den Insassen eines Altersheims in der tiefsten Provinz und anderen Schlaflosen. Die Serie droht zum Kultfilm zu werden ...

Äußerst rasant, schrill und witzig.
KÖLNER STADTANZEIGER

Foto: Jerry Bauer

HELEN DUNMORE

IM ERSTEN
LICHT DES TAGES

Roman

Aus dem Englischen von Claudia Geng
288 Seiten, gebunden in Leinen mit Schutzumschlag
DM 34,– / ÖS 248,– / Sfr 31,50 · ISBN 3-7857-1501-3

Isabel und Nina. Nina und Isabel. Unzertrennlich. Schwestern. Und doch so verschieden, wie Schwestern nur sein können. Nina, die ungebundene Fotografin, und Isabel, die gerade ihr erstes Kind bekommen hat. Zusammengeschweißt seit Kindertagen durch den plötzlichen Tod ihres kleinen Bruders. Was sie voneinander wissen, kann ihr Leben zerstören ...

Faszinierender Roman über eine Welt zwischen Liebe und Realität, Liebe und Haß.

FREUNDIN

Ein psychologisch ausgefeiltes Schwesternporträt, ein Drama um eine Liebe, wie es sie so grenzenlos und so widersprüchlich nur zwischen Geschwistern gibt.

KÖLNER STADTANZEIGER

Überwältigend sinnlich. Ein Lesegenuß.

DIE WOCHE

GIORGIO PRESSBURGER

DIE
BEIDEN ZWILLINGE

Roman

Aus dem Italienischen von Christiane von Bechtolsheim
224 Seiten, gebunden in Leinen mit Schutzumschlag
DM 32,– / ÖS 234,– / Sfr 29,50 · ISBN 3-7857-1502-1

Dieser Roman erzählt die erstaunliche Geschichte von Aaron und Benjamin, die – als Kinder knapp dem Tod entronnen – später zu berühmten Wissenschaftlern werden, jeder in einem anderen Land, und nach langen Jahren der Trennung einander beistehen müssen, vor allem in Dingen der Liebe. Noch als Erwachsene, nach Ehen und Amouren, konkurrieren die Brüder um die Gunst der fernen Mutter hinter dem eisernen Vorhang, bis der Autor in einer ironischen Volte das subtile Duell seiner Helden beendet.

Aaron und Benjamin. Durch ihre Geschichte schimmern die Gegensätze von Gut und Böse, Vernunft und Leidenschaft – uralte Zwillingspaare auch sie.
Marisa Ruconi, L'ESPRESSO

Für sein jüngstes Werk LA NEVE E LA COLPA *erhielt Giorgio Pressburger den Premio Viareggio 1998 (demnächst ebenfalls in der editionLübbe)*